UN, DEUX, TROIS…

Collection de romans d'aventures
créée par Albert Pigasse
www.lemasque.com

Agatha Christie®

UN, DEUX, TROIS...

Traduction révisée de Thierry Arson
et Sylvie Barjansky

ÉDITIONS DU MASQUE
17, rue Jacob, 75006 Paris

Titre original :
One, Two, Buckle My Shoe
publié par HarperCollinsPublishers

ISBN : 978-2-7024-4845-8

Conception graphique et couverture : © We-We

Pour Dorothy North
qui aime la crème fraîche et les romans policiers,
avec l'espoir que celui-ci puisse lui faire oublier
l'absence de celle-là.

Un, deux : je boucle mon soulier,
Trois, quatre : je ferme la porte,
Cinq, six : j'amasse des brindilles,
Sept, huit : je les mets en ordre,
Neuf, dix : une poule bien dodue,
Onze, douze : les garçons bêchent,
Treize, quatorze : les filles se font faire la cour,
Quinze, seize : les unes sont à la cuisine,
Dix-sept, dix-huit : et les autres au salon,
Dix-neuf, vingt : mon assiette est vide…

Un, deux : je boucle mon soulier

Au petit-déjeuner, M. Morley ne se montra pas de la meilleure humeur qui fût.

Il se plaignit du bacon, demanda pourquoi diable le café avait cette apparence de gadoue et fit remarquer que les flocons d'avoine étaient tous les jours un peu plus immangeables.

M. Morley était un petit homme à la mâchoire décidée et au menton pugnace. Quant à sa sœur, qui lui tenait son ménage, c'était une imposante matrone aux allures de grenadier. Elle l'observa d'un œil soucieux et lui demanda si par hasard l'eau de son bain n'avait pas été froide encore une fois.

À regret, il répondit que non.

Il parcourut son journal et observa que le gouvernement était en train de passer de l'incompétence crasse à une complète imbécillité !

De sa voix de basse profonde, Mlle Morley admit que c'était scandaleux.

N'étant cependant qu'une simple femme, elle avait toujours trouvé le gouvernement en place, quel qu'il fût, de la plus extrême utilité. Elle pressa donc son frère de lui expliquer en quoi la politique actuelle du gouvernement était indécise, inepte et carrément suicidaire.

Lorsqu'il se fut exprimé tout son soûl sur le sujet, M. Morley se resservit une tasse de l'imbuvable jus de chaussettes et lâcha tout à trac la véritable cause de son irritation.

— Ces filles ! fulmina-t-il. Toutes les mêmes ! Égocentriques, incapables de sérieux, trop tête en l'air pour qu'on puisse leur faire confiance !

— Gladys ? s'enquit Mlle Morley.

— Je viens d'apprendre ça à l'instant. Sa tante a eu une attaque et elle a dû se précipiter dans le Somerset.

— Je reconnais que ça va te compliquer la vie, consentit Mlle Morley. Mais après tout, ce n'est pas la faute de cette petite.

M. Morley secoua la tête d'un air sombre.

— Qui me dit que sa tante a vraiment eu une attaque ? Qui me dit qu'il ne s'agit pas d'un coup monté entre elle et ce garçon peu recommandable qu'elle fréquente ? Ah, celui-là, c'est un vrai voyou ! Ils ont sans doute combiné d'aller se balader ensemble toute la journée.

— Oh non, Henry ! Je ne crois pas que ce soit le genre de Gladys. Tu sais très bien que tu l'as toujours trouvée très consciencieuse.

— Oui, oui, d'accord.

— Une fille intelligente et qui adore son travail, tu l'as dit toi-même.

— Oui, oui, c'est vrai, Georgina, mais c'était avant qu'elle tombe sur ce garçon impossible. Elle a beaucoup changé, ces derniers temps… beaucoup changé. Elle a la tête ailleurs, les nerfs en pelote et elle n'est pas à prendre avec des pincettes.

Le grenadier laissa échapper un profond soupir.

— Que veux-tu, Henry, une fille, il arrive que ça tombe amoureuse. On ne peut rien faire contre ça.

— Gladys est mon assistante, elle ne devrait pas laisser ça empiéter sur son travail. Et puis un jour comme aujourd'hui, pour ne rien arranger. Où j'ai un emploi du temps surchargé. Plusieurs clients très importants. Ça ne pouvait pas plus mal tomber !

— Je me doute bien que ce ne sera pas facile, Henry. Et avec le petit nouveau, au fait, qu'est-ce que ça donne ?

— Jamais vu pire bon à rien ! gémit Henry Morley. Pas fichu de répéter un nom correctement et des manières déplorables. S'il ne s'améliore pas, je vais être obligé de le flanquer dehors et d'en embaucher un autre. Ah, c'est une réussite, la formation moderne ! Tout juste bonne à produire en série des crétins incapables de comprendre un mot de ce qu'on leur dit – et encore moins de s'en souvenir.

Il consulta sa montre.

— Il faut que j'y aille. J'ai une matinée bien remplie. Et cette fichue Sainsbury Seale qui a paraît-il un mal de chien et que je dois caser en urgence ! J'ai eu beau suggérer qu'elle voie Reilly, elle n'a rien voulu savoir.

— Je me mets à sa place, dit Georgina, compréhensive.

— Reilly est très compétent – tout ce qu'il y a de compétent. Il croule sous les diplômes. Sa technique est à la pointe du progrès.

— Oui, mais sa main a la tremblote, rétorqua Georgina. Si tu veux mon avis, il boit.

Son frère rit, sa bonne humeur retrouvée.

— Je monterai manger un sandwich à 13 h 30, comme d'habitude.

*

Dans sa chambre du Savoy, M. Amberiotis se curait les dents en souriant aux anges.

Tout marchait comme sur des roulettes.

La chance était toujours de son côté. Qui aurait cru que quelques mots gentils à cette dinde congénitale rapporteraient si gros ? Bah !... soyez bon, il en restera toujours quelque chose. Du cœur, il en avait toujours eu. Du cœur *et* de la générosité. À l'avenir, il pourrait être encore plus généreux. Des visions charitables lui passèrent devant les yeux. Le petit Dimitri... Et ce brave Constantopoulos qui se débattait avec sa gargote... Que de belles surprises pour eux...

Le cure-dents dérapa et M. Amberiotis grimaça de douleur. Ses visions idylliques se dissipèrent, cédèrent le pas à l'appréhension du futur immédiat. Du bout de la langue, il sonda doucement sa dent douloureuse. Puis il ouvrit son agenda. Midi. 58, Queen Charlotte Street.

Il tenta bien de retrouver son optimisme exultant. En vain. L'horizon s'était pour lui réduit à ces cinq mots tout nus : « 58, Queen Charlotte Street. Midi. »

*

Au Glengowrie Court Hotel, dans South Kensington, le petit-déjeuner était terminé. Mlle Sainsbury Seale et Mme Bolitho bavardaient au salon. Voisines de tables à la salle à manger, elles s'étaient liées d'amitié le lendemain de l'arrivée de Mlle Sainsbury Seale, une semaine auparavant.

— Je vous assure, plaidait Mlle Sainsbury Seale, je ne sens plus rien du tout ! Pas un élancement, rien ! Je crois que je vais téléphoner pour...

— Ne faites donc pas l'idiote, voyons ! l'interrompit Mme Bolitho. Allez chez le dentiste et finissez-en une bonne fois !

Grande et autoritaire, Mme Bolitho parlait d'une voix de contralto. Quant à Mlle Sainsbury Seale, c'était une femme dans la quarantaine dont les cheveux décolorés pendouillaient en boucles négligées. Ses vêtements à la coupe incertaine affichaient un côté bohème, son pince-nez tombait sans arrêt. Et c'était une vraie pipelette.

— Mais je vous répète que ça ne me fait plus mal du tout, reprit-elle d'une petite voix.

— Taratata ! Vous m'avez dit que vous n'aviez pas fermé l'œil de la nuit.

— Oui, c'est juste. Pas une seconde ! Mais peut-être que, maintenant, le nerf est enfin mort et que...

— Raison de plus pour courir chez le dentiste, renchérit Mme Bolitho. On est toujours tenté de remettre à plus tard, mais ce n'est que de la lâcheté. Mieux vaut se décider et en finir une bonne fois !

Quelques mots frémirent sur les lèvres de Mlle Sainsbury Seale. L'ébauche d'une protestation. Du genre : « On voit bien que ce n'est pas votre dent ! »

Toujours est-il qu'elle se contenta de dire :

— Vous avez sans doute raison. Et puis M. Morley est la douceur même, et il ne fait jamais mal du tout.

*

La réunion du conseil d'administration venait de s'achever. Elle s'était déroulée sans accroc. Le bilan était bon. Il n'aurait donc pas dû y avoir de fausse note. Pourtant, quelque chose dans l'attitude du président avait alerté l'hypersensible Samuel Rotherstein. Il y avait eu dans sa voix, à une ou deux reprises, un je ne sais quoi d'agacé, d'acrimonieux, que rien ne justifiait.

Un quelconque ennui caché, peut-être ? Mais Rotherstein ne parvenait pas à associer Alistair Blunt à un ennui caché. Il était si normal. Si profondément… britannique.

Il pouvait toujours s'agir du foie, évidemment… Celui de M. Rotherstein le tourmentait de temps à autre. Mais il n'avait jamais entendu Alistair se plaindre de son foie. La santé du président était aussi brillante que son intelligence ou son sens de la finance.

Et pourtant il y avait quelque chose. Le président s'était une ou deux fois laissé aller jusqu'à se caresser la joue. Il était même resté un moment le menton dans la main. Et, une ou deux fois aussi, il avait semblé… oui, distrait.

Ils sortirent de la salle du conseil et descendirent l'escalier.

— Inutile que je vous propose de vous déposer, j'imagine ? fit Rotherstein.

Alistair Blunt sourit et secoua la tête.

— Ma voiture est en bas.

Il jeta un coup d'œil à sa montre.

— D'ailleurs, je ne retourne pas à la City.

Il marqua un temps.

— Pour tout vous dire, j'ai rendez-vous chez le dentiste.

Le mystère était éclairci.

*

Hercule Poirot descendit de son taxi, régla la course et sonna au 58, Queen Charlotte Street.

Il fallut un petit bout de temps avant que la porte ne s'ouvre sur un gamin en uniforme de groom, cheveux carotte, visage taché de son et mine compassée.

— M. Morley n'est pas là ? demanda Poirot.

Il gardait un fol espoir au fond du cœur : peut-être que le dentiste était absent, voire malade, ou qu'il ne recevait pas ce jour-là… Vaines chimères ! Le gamin s'effaça, Hercule Poirot fit un pas en avant et la porte se referma dans son dos avec l'indifférence feutrée du destin inexorable.

— Votre nom, s'il vous plaît ?

Poirot le lui donna, une porte sur la droite fut ouverte sans douceur et il pénétra dans la salle d'attente.

Meublée avec goût mais sans grande fantaisie, la pièce parut à Hercule Poirot d'un lugubre sans nom. Sur une table de style Sheraton, une copie au poli impeccable, hebdomadaires et quotidiens étaient soigneusement disposés. Le bahut, une imitation Hepplewhite, exhibait une paire de candélabres Sheffield plaqués argent encadrant un surtout. La cheminée était ornée d'une pendulette et de deux vases en bronze. Des rideaux de velours bleu enténébraient les fenêtres, et les chaises étaient recouvertes d'une tapisserie style XVIIe – fleurs et oiseaux – à dominante rouge.

Sur l'une d'elles était assis un individu d'allure militaire, au teint bilieux et à la moustache conquérante. Il toisa Poirot du même regard qu'il aurait posé sur un insecte nuisible. Ce n'était pas tant son sabre que son insecticide qu'il semblait regretter de ne pas avoir sous la main. Poirot, pour sa part, le considéra avec dégoût. « Ma parole, se dit-il, il y a des Anglais si déplaisants et si grotesques qu'on aurait voulu voir leurs souffrances abrégées au berceau. »

L'antipathique gentleman, après un long regard, empoigna le *Times,* tourna sa chaise comme pour éviter de voir Poirot et se plongea dans sa lecture.

Poirot fit main basse sur *Punch.*

Il le lut scrupuleusement de bout en bout sans parvenir à trouver drôle la moindre plaisanterie.

Le groom entra soudain, psalmodia « Colonel Arrow-Bumby ? » et le raide officier fut emmené sous bonne escorte.

Poirot s'interrogeait sur le fait qu'un tel nom puisse exister quand la porte s'ouvrit sur un jeune homme d'une trentaine d'années.

Le nouveau venu s'attardant devant la table à feuilleter nerveusement les divers magazines, Poirot en profita pour l'étudier à la dérobée. Une sale tête, un air inquiétant, songea-t-il. Pas impossible qu'il s'agisse d'un assassin. Il avait en tout cas bien plus l'air d'un assassin que tous les assassins qu'Hercule Poirot avait fait arrêter au cours de sa carrière.

La porte pivota une fois encore sur ses gonds, et le groom lança à la cantonade :

— Monsieur Porter !

Interprétant cela à juste titre comme une injonction à lui adressée, Poirot se leva. Le gamin le conduisit au fond du couloir jusqu'à un petit ascenseur, dans lequel il le fit monter au deuxième étage. Là, il le mena le long d'un corridor, poussa une énième porte qui donnait sur une antichambre, frappa à un second battant et, sans attendre la réponse, l'ouvrit et s'effaça pour laisser entrer Poirot.

Ce dernier fut accueilli par un bruit d'eau courante. Dans son antre, M. Morley était occupé à se laver les mains avec un entrain tout professionnel.

*

Il est des instants humiliants dans la vie des plus grands hommes. On prétend que nul n'est un héros aux yeux de son valet. À cela on peut ajouter que peu d'hommes sont des héros à leurs propres yeux en présence de leur dentiste.

Hercule Poirot était maladivement conscient de ce fait.

En temps ordinaire, il avait de lui-même plutôt une bonne opinion. Il était Hercule Poirot, supérieur aux autres à bien des égards. Mais en cet instant précis, tout sentiment de supériorité l'avait déserté. Son moral tombait à zéro. Il était réduit à cette piteuse et banale figure : un homme terrifié par le fauteuil du dentiste.

M. Morley avait achevé ses ablutions professionnelles. Il parlait maintenant avec un enjouement tout aussi professionnel :

— … Encore un peu frais pour la saison, non ?

Mine de rien, il guidait en douceur Poirot vers l'endroit redouté : le fauteuil ! Il en régla l'appuie-tête d'un geste précis.

Hercule Poirot inspira à fond, s'avança, s'assit et abandonna sa tête aux manipulations professionnelles de M. Morley.

— Voilà, fit le dentiste avec une affreuse bonne humeur. Vous êtes bien ? C'est sûr ?

D'une voix sépulcrale, Poirot assura qu'il était très bien.

M. Morley attira à lui sa table roulante, prit le miroir miniature, choisit un instrument et se prépara à la besogne.

Hercule Poirot se cramponna aux accoudoirs, ferma les yeux et ouvrit la bouche.

— Qu'est-ce qui vous amène ? Un problème particulier ?

En dépit d'une certaine difficulté à prononcer les consonnes la bouche ouverte, Poirot réussit à faire comprendre qu'il n'avait aucun problème particulier. Il n'était là que pour l'examen semestriel que lui imposait son sens de l'ordre. Il était très possible qu'il n'y ait rien à faire. M. Morley pourrait très bien ne pas remarquer cette molaire, la deuxième en partant du fond, où il avait senti ces élancements... Il pourrait, mais c'était peu probable – car M. Morley était un très bon dentiste.

Il avait justement entrepris de tapoter et de sonder chaque dent, tout en murmurant de petits commentaires :

— Mmm, ce plombage commence à flancher... mais ce n'est pas bien méchant. Les gencives sont très saines, c'est bon signe, ça.

Arrêt sur un point suspect, petit coup de sonde... non, fausse alerte. Il s'attaqua à la mâchoire inférieure. Une, deux... allez ! Trois... ?

Non, ça y était !

« Le chien a flairé le lapin », pensa Poirot, en pleine confusion idiomatique.

— Une bricole ici. Ça ne vous fait pas mal ? Mmm, vous m'étonnez.

Au bout du compte, M. Morley se redressa, satisfait.

— Rien de bien méchant, je vous l'ai dit. Deux plombages à revoir, plus un début de carie à cette molaire. Tout cela peut être réglé aujourd'hui même.

Il appuya sur un commutateur et un léger bourdonnement se fit entendre. Puis il décrocha sa roulette et, avec une sorte de tendresse suspecte, y fixa une mèche.

— Prévenez-moi si je vous fais mal, dit-il brièvement avant de s'atteler à son effroyable entreprise.

Il ne fut pas nécessaire à Poirot de s'abriter derrière cette invite pour lever la main, grimacer, voire pour hurler : M. Morley arrêta pile la roulette au bon moment, lança un bref « Rincez-vous », appliqua un petit pansement, fixa une nouvelle mèche et recommença. L'épreuve de la roulette était plus faite de terreur que de réelle douleur.

Et, tandis que M. Morley préparait l'amalgame, la conversation reprit.

— Aujourd'hui, je dois faire ça moi-même, expliqua-t-il. Mlle Nevill a dû s'absenter. Vous vous souvenez de Mlle Nevill ?

Poirot acquiesça avec la plus entière mauvaise foi.

— Elle a été appelée en province auprès d'une parente malade. C'est le genre de pépin qui vous tombe toujours dessus au plus mauvais moment. J'ai déjà pris du retard sur l'horaire. La patiente avant vous n'était pas à l'heure. Ça, c'est exaspérant. Ça vous détraque toute la journée. Et il faut que je prenne en urgence une patiente qui souffre énormément. Je réserve toujours un quart d'heure le matin pour ces cas-là. Et aujourd'hui, ça n'arrange pas les choses !

M. Morley jeta un coup d'œil dans son petit mortier avant de reprendre :

— Je vais vous dire une chose que j'ai toujours remarquée, monsieur Poirot. Les gens importants, ceux qui comptent vraiment, sont toujours à l'heure. Jamais ils ne vous font attendre. Les membres de la famille royale, par exemple. La ponctualité même. Et les gros bonnets de la City, pareil. Ce matin, par exemple, je reçois un homme de tout premier plan : Alistair Blunt !

Il s'était gargarisé de ce nom avec une emphase triomphale.

Interdit de discours par plusieurs tampons d'ouate plus un tuyau qui gargouillait sous sa langue, Poirot émit un son indéterminé.

Alistair Blunt ! Tels étaient désormais les héros du moment ! Pas des ducs, pas des comtes, pas des Premiers ministres, non – des Alistair Blunt tout court. Un individu dont le visage était quasi inconnu du grand public, dont le nom n'apparaissait que de loin en loin dans des articles rébarbatifs. Rien d'exaltant. Juste un type tranquille et quelconque, qui était à la tête du plus grand établissement bancaire de l'Empire britannique. Un homme à la fortune immense. Un homme qui disait Oui ou Non aux gouvernements. Un homme qui menait une existence paisible, effacée, qui n'occupait pas le devant de la scène, qui ne faisait pas de grands discours. Et qui tenait pourtant entre ses mains le pouvoir suprême.

La voix de M. Morley vibrait encore de déférence tandis que, penché au-dessus de Poirot, il tassait l'amalgame dans la cavité.

— Toujours scrupuleusement à l'heure. Souvent, il renvoie sa voiture et retourne à son bureau à pied. Un homme charmant, sans prétentions. Tout ce qu'il aime, c'est jouer au golf et s'occuper de son jardin. Jamais vous n'iriez imaginer qu'il peut acheter la moitié de l'Europe ! Au fond, c'est un type comme vous et moi, quoi !

La désinvolture de cette comparaison provoqua chez Poirot une irritation passagère. M. Morley était un bon dentiste, d'accord, mais il y avait d'autres bons dentistes à Londres. Tandis qu'il n'existait qu'un seul Hercule Poirot.

— Rincez-vous, dit M. Morley.

Poirot s'exécuta.

— Voilà la réponse à tous leurs Hitler, Mussolini et compagnie, poursuivit M. Morley en s'attaquant à la dent numéro deux. Ici, nous ne donnons pas dans la mégalomanie. Regardez le roi et la reine : ce sont de parfaits démocrates ! Bien sûr, pour un Français comme vous, élevé dans l'idéal républicain…

— Euh neu huis as anchais… euh huis helche…

— Chut, déplora M. Morley, il faut que ce soit parfaitement sec.

Il soufflait sans relâche de l'air chaud sur la dent.

— Je ne savais pas que vous étiez belge. Très intéressant. Un homme de valeur, le roi Léopold, d'après ce que je me suis laissé dire. Je vous avouerai que je crois beaucoup aux vertus de la royauté. Quelle école ! Voyez la mémoire qu'ils ont des noms et des visages. Ça, c'est de l'apprentissage ! Bien sûr, il y a des gens naturellement doués pour ça. Moi, par exemple. J'oublie les noms, mais c'est incroyable comme je n'oublie jamais un visage. Tenez, une de mes patientes, l'autre jour… eh bien je me suis tout de suite rendu compte que je l'avais déjà vue quelque part. Son nom n'évoquait rien pour moi. N'empêche : au premier coup d'œil, je me suis dit : « Où ai-je bien pu vous rencontrer, vous ? » Je n'ai pas encore trouvé la réponse, mais ça me reviendra, j'en suis persuadé. Rincez-vous une dernière fois, je vous prie.

Le rinçage accompli, M. Morley examina d'un œil critique la bouche de son patient.

— Bon, cela me paraît bien. Serrez les mâchoires – doucement… Pas de gêne ? Vous ne sentez pas du tout le plombage? Rouvrez la bouche. Non, tout a l'air parfait.

Hercule Poirot descendit du fauteuil – il était redevenu un homme libre.

— Eh bien, au revoir, monsieur Poirot. Vous n'avez pas repéré de criminel chez moi, j'espère?

— Avant de monter ici, tout le monde me semblait suspect, avoua Poirot avec un sourire. Maintenant, je verrai sans doute les choses d'un autre œil!

— Ha, ha! Avant et après, c'est toute la différence! Enfin, reconnaissez que nous ne sommes plus les tortionnaires d'antan! Je sonne pour l'ascenseur?

— Non, non, je vous remercie. Je vais descendre à pied.

— Comme vous voulez. L'escalier est juste à côté.

Poirot sortit du cabinet. En refermant la porte derrière lui, il entendit l'eau couler au robinet du lavabo.

Il descendit les deux volées de marches et, en atteignant le rez-de-chaussée, vit le colonel au patronyme anglo-indien quitter la maison. Pas du tout antipathique, pensa Poirot, tout radouci. Sans doute un excellent fusil qui avait abattu plus d'un tigre. Un homme utile, un de ces soldats qui tenaient les avant-postes aux confins de l'Empire.

Il repassa par la salle d'attente pour y récupérer sa canne et son chapeau. Le jeune homme nerveux de tout à l'heure était toujours là, ce qui le surprit un peu. Un autre patient était plongé dans la lecture du *Field.*

Poirot réétudia le jeune homme – cette fois de son nouveau regard tout de bienveillance. Il avait toujours l'air plein de violence – comme s'il brûlait de tuer quelqu'un – mais plus vraiment la mine d'un assassin, pensa Poirot avec douceur. Sans l'ombre d'un doute ce garçon ne tarderait pas à dévaler les escaliers d'un pas léger, oubliant déjà son épreuve, joyeux, épanoui et ne souhaitant de mal à personne.

Le groom entra dans la pièce et prononça d'une voix claire et ferme :

— Monsieur Blunt ?

Le lecteur du *Field* reposa son journal et se leva. Un homme de taille moyenne, d'âge moyen, ni gros ni gras. Bien vêtu. Pas le moins du monde agité.

Il sortit dans le sillage du gamin.

Dire qu'il s'agissait là de l'un des hommes les plus riches et les plus puissants d'Angleterre – mais qui était quand même obligé d'aller chez le dentiste comme tout le monde… et que ça devait l'angoisser ni plus ni moins que tout le monde !

Tout en philosophant de la sorte, Poirot ramassa sa canne et son chapeau et se dirigea vers la porte. Au moment de sortir, il jeta un dernier coup d'œil par-dessus son épaule et il lui vint à l'esprit que ce jeune homme devait vraiment souffrir d'une atroce rage de dents.

Il s'arrêta devant la glace du hall pour rectifier ses moustaches, qui avaient quelque peu souffert des bons soins de M. Morley.

Au moment où, satisfait de leur aplomb retrouvé, il allait s'éloigner, l'ascenseur s'arrêta et le groom en émergea, sifflant à tue-tête. Il s'interrompit net à la vue de Poirot et se précipita pour lui ouvrir la porte.

Un taxi venait de stopper devant l'immeuble, et un pied jaillissait de la portière ouverte. Poirot lui accorda un intérêt galant.

Une cheville bien tournée, des bas de qualité. Un pied pas mal du tout. Mais il n'aima pas la chaussure. Une chaussure de cuir flambant neuve, garnie d'une grosse boucle tape-à-l'œil.

Pas chic pour deux sous – provincial en diable !

La propriétaire de la cheville s'extirpa du taxi. Ce faisant, elle se prit l'autre pied dans la portière. La boucle numéro deux s'accrocha au passage et tomba sur le trottoir en tintinnabulant. Toujours galant, Poirot se précipita, la ramassa et la tendit à l'inconnue dans une courbette.

Hélas ! Plus près de cinquante que de quarante. Pince-nez. Cheveux blondasses et mal coiffés. Vêtements incongrus – ah, ces déprimants verts délavés ! En le remerciant, elle fit choir son pince-nez, puis son sac à main.

Moins porté à la galanterie mais toujours courtois, Poirot les lui ramassa.

Elle escalada le perron du 58, Queen Charlotte Street, et Poirot se tourna vers le chauffeur de taxi qui contemplait avec dégoût son maigre pourboire.

— Vous êtes libre, pas vrai ?

— Libre comme l'air, grommela le chauffeur, maussade.

— Moi aussi, s'épanouit Poirot. Et même libéré !

Il vit les plus noirs soupçons envahir le visage du chauffeur.

— Non, mon ami, fit-il, hilare. Non, je ne suis pas ivre. C'est tout bonnement que je sors de chez mon dentiste et que je n'ai pas à y retourner avant six mois. Et ça, croyez-moi, ça ferait voir la vie en rose à n'importe qui !

Trois, quatre : je ferme la porte

Il était 14 h 45 quand le téléphone sonna.

Installé dans un fauteuil confortable, Poirot digérait béatement un excellent déjeuner.

Sans même lever le petit doigt, il attendit que le fidèle George vienne décrocher.

— Qui est-ce ? s'enquit-il cependant en entendant George répondre « Un instant, je vous prie ».

— L'inspecteur Japp, monsieur.

— Tiens, tiens !

Poirot saisit le combiné.

— Eh bien, mon ami ! Comment ça va ?

— C'est vous, Poirot ?

— Évidemment, très cher.

— Il paraît que vous êtes allé chez le dentiste, ce matin. C'est exact ?

— On ne peut rien vous cacher à Scotland Yard, feignit de se lamenter Poirot.

— Chez un certain Morley, au 58, Queen Charlotte Street ?

— Oui, dit Poirot d'une voix changée. Pourquoi ?

— C'était une véritable visite ? Je veux dire : vous n'y êtes pas allé pour lui tirer les vers du nez, quoi que ce soit de ce genre ?

— Absolument pas ! Je me suis fait plomber trois dents, si vous voulez tout savoir.

— Comment vous a-t-il paru ? Comportement normal ?

— Tout à fait. Pourquoi ça ?

Le ton de Japp ne trahissait pas la moindre émotion.

— Parce qu'il s'est tiré une balle dans la tête peu après votre départ.

— Quoi ? !

— Ça vous étonne ? grinça Japp.

— Franchement, oui.

— Moi aussi, il y a là-dedans quelque chose qui me chiffonne... J'aimerais en parler avec vous. Ça vous ennuierait beaucoup de faire un saut jusqu'ici ?

— Où êtes-vous ?

— Queen Charlotte Street.

— J'arrive tout de suite, dit Poirot.

*

Ce fut cette fois un agent de police qui lui ouvrit la porte du 58.

— Monsieur Poirot ? s'enquit-il avec respect.

— C'est lui, baragouina le Belge. Je veux dire c'est moi.

— L'inspecteur principal est en haut. Deuxième étage. Vous connaissez les lieux ?

— J'y suis venu ce matin, dit Poirot.

Il y avait trois hommes dans le cabinet du dentiste.

Japp leva le nez à son entrée.

— Content de vous voir, mon vieux. On va embarquer le corps. Vous voulez y jeter un coup d'œil avant ?

Un photographe du Yard, agenouillé près du cadavre, se releva.

Poirot fit trois pas en avant. Le corps était affalé devant la cheminée.

Dans la mort M. Morley ressemblait à ce qu'il avait été de son vivant. Un petit trou maculé de noir venait désormais s'ajouter juste sous sa tempe droite. Un pistolet gisait sur le plancher, à portée de sa main droite grande ouverte.

Poirot hocha la tête.

— Très bien, dit Japp à ses hommes. Vous pouvez y aller.

Ils emportèrent le corps, laissant seuls Japp et Poirot.

— Le travail de routine – empreintes digitales et tout ce qui s'ensuit – est terminé, dit Japp.

Poirot s'assit.

— Qu'est-ce qui vous tourmente ?

Japp pinça les lèvres.

– Il est possible qu'il se soit suicidé. Il s'est probablement suicidé. Après tout, il n'y a que ses empreintes sur le pistolet. Mais ça ne me satisfait qu'à moitié.

— Quelles sont vos objections ?

— Eh bien, pour commencer, il n'avait apparemment aucune raison de se suicider… Il était en bonne santé, il gagnait bien sa vie, personne ne lui connaissait le moindre problème. Pas d'histoire de femme – ou du moins, rectifia prudemment Japp, pour autant que nous le sachions. Rien, semble-t-il, n'avait changé dans son comportement. Il n'était ni préoccupé ni déprimé. C'est en partie pour ça que je souhaitais entendre ce que vous pourriez me dire. Sachant que vous l'aviez vu ce matin, je me demandais si vous aviez remarqué quelque chose.

Poirot secoua la tête.

— Rien de rien. Il était – comment dire ? – la normalité en personne.

— Ce qui rend tout ça bizarre, non ? Et d'ailleurs qui aurait l'idée de se suicider, comme ça, pendant les heures de bureau – entre deux clients, si je puis dire ? Pourquoi ne pas attendre le soir ? C'est ce que ferait n'importe qui, non ?

Poirot en convint.

— Quand le drame s'est-il produit ?

— Difficile à dire avec précision. Il semble que personne n'ait entendu le coup de feu. Ce qui n'a d'ailleurs rien d'étonnant. Il y a deux portes entre le cabinet et le corridor, et elles ont l'air bien isolées – pour étouffer les hurlements des victimes de la roulette fatale, j'imagine.

— Très probablement. Sous anesthésie locale, il arrive que les patients fassent beaucoup de bruit sans même s'en rendre compte.

— Je ne vous le fais pas dire. Et dehors, dans la rue, il y a toujours énormément de circulation – donc peu de chances qu'un passant ait pu remarquer quoi que ce soit au milieu du vacarme ambiant.

— Quand a-t-il été découvert ?

— Vers 13 h 30. Par le groom, Alfred Briggs. Pas vraiment une lumière, soit dit entre nous. Il semblerait que la patiente de midi et demi, lassée d'attendre, se soit mise à faire du foin. Vers 13 h 10, le dénommé Alfred est monté et a frappé à la porte. Il n'a pas reçu de réponse mais n'a apparemment pas osé entrer. Il avait déjà pris quelques savons de Morley et avait peur de commettre un impair. Il est donc redescendu. Quant à la patiente, elle est partie furibonde à 13 h 15. Je ne l'en blâme pas : elle avait poireauté trois quarts d'heure pour rien et devait commencer à avoir faim.

— Qui était-ce ?

Japp eut un sourire en coin.

— D'après le groom, il s'agit d'une Mlle Shirty. Mais d'après le cahier de rendez-vous, elle s'appelle Kirby.

— Quel était le processus pour faire monter les clients ?

— Quand Morley était prêt, il appuyait sur le bouton de sonnette que vous voyez là, et le groom faisait monter le patient.

— Et quand Morley a-t-il sonné pour la dernière fois ?

— À midi cinq. Le dénommé Alfred a alors fait monter le patient suivant. M. Amberiotis, hôtel Savoy, d'après le cahier.

Un léger sourire effleura les lèvres de Poirot.

— Je serais curieux de savoir ce que notre groom a fait d'un nom pareil.

— De la bouillie, sans l'ombre d'un doute. On pourra toujours lui demander pour rire un peu.

— Et à quelle heure est reparti ce M. Amberiotis? reprit Poirot.

— Le gosse ne l'a pas reconduit, donc il n'en sait rien. Beaucoup de patients redescendent par les escaliers et sortent sans escorte.

Poirot opina.

— Mais j'ai appelé le Savoy. M. Amberiotis est catégorique : il dit qu'il a regardé sa montre dès qu'il a franchi la porte et qu'il était midi vingt-cinq.

— Il n'a rien pu vous apprendre d'intéressant?

— Non, simplement que le dentiste lui avait paru tout ce qu'il y a de calme et de normal.

— En tout cas, dit Poirot, nous voici éclairés sur un point : il s'est passé quelque chose entre midi vingt-cinq et 13 h 30 – et selon toute vraisemblance plus près de la première heure que de la seconde.

— Oui, parce que sinon…

— Sinon, il aurait sonné pour le patient suivant.

— Exact. Ça coïncide d'ailleurs avec les premières constatations médicales – pour autant qu'on puisse s'y fier. Le médecin légiste a examiné le corps à 14 h 20. Il n'a pas voulu s'engager – ça devient une manie, ils prétendent qu'on ne tient pas assez compte des particularités individuelles – mais il a quand même dit que Morley ne pouvait pas avoir reçu le coup de feu après 13 heures et que ça s'était probablement passé beaucoup plus tôt.

— Ainsi donc, dit Poirot d'un air songeur, à midi vingt-cinq notre dentiste est un dentiste normal, enjoué, affable et compétent. Et après ça? Après ça, coup de cafard, idées noires, tout ce que vous voudrez… et il se tue?

— C'est drôle, acquiesça Japp. Il faut admettre que c'est drôle.

— Drôle ne me paraît pas le terme adéquat.

— Oui, j'ai dit ça sans réfléchir. Bon, c'est bizarre, si vous préférez.

— Le pistolet était à lui ?

— Non. Il n'avait pas de pistolet et n'en avait jamais eu. D'après sa sœur, ce n'était guère le genre d'objet qu'on aurait pu trouver chez eux. C'est d'ailleurs le cas pour la plupart des gens. Bien entendu, il pourrait en avoir acheté un s'il avait décidé d'en finir. Mais si c'est le cas, nous n'allons pas tarder à le savoir.

— Il y a quelque chose d'autre qui vous chiffonne ? demanda Poirot.

Japp se frotta le nez.

— Oui. La position du corps. Je n'irais pas jusqu'à affirmer qu'un homme ne pourrait pas tomber comme ça... mais il y a quand même un truc qui cloche. Et puis il y avait une ou deux traces sur le tapis – comme si on avait traîné quelque chose.

— Alors, là, voilà qui commence à devenir intéressant, dites-moi !

— Oui. À moins qu'il ne s'agisse encore d'une ânerie de ce satané groom. J'ai dans l'idée qu'il pourrait avoir essayé de bouger Morley quand il l'a découvert. Bien entendu, il nie, mais il avait une sacrée frousse. C'est le parfait jeune crétin. Le type même qui n'en rate pas une, qui passe donc son temps à se faire enguirlander, si bien qu'il finit par mentir à tout bout de champ.

Poirot promena un regard pensif tout autour de la pièce. Sur le lavabo derrière la porte ; sur l'imposant classeur, de l'autre côté ; sur le fauteuil de dentiste et son appareillage, devant la fenêtre ; puis le long de la cheminée et finalement à l'endroit où le corps avait été retrouvé. Près de la cheminée, il y avait une seconde porte.

Japp avait suivi son regard.

— Ce n'est qu'un petit bureau, dit-il en l'ouvrant pour le montrer à Poirot.

Ce n'était, en effet, qu'une pièce de dimensions réduites meublée en tout et pour tout d'un bureau, de deux ou trois chaises et d'une console sur laquelle se trouvaient un réchaud à alcool et un service à thé. Il n'y avait pas d'autre issue.

— C'est ici que travaille son assistante, Mlle Nevill, expliqua Japp. Il semble qu'elle soit absente aujourd'hui.

Ses yeux croisèrent ceux de Poirot.

— Il m'en avait parlé, confirma celui-ci. Je m'en souviens. Je me demande si ça aussi, ça ne pourrait pas plaider contre la théorie du suicide...

— Vous voulez dire qu'on aurait pu l'éloigner ?

Japp réfléchit un instant.

— S'il ne s'est pas suicidé, c'est qu'il a été assassiné. Mais pourquoi ? Cette solution paraît aussi peu vraisemblable que la première. Morley était un type inoffensif et sans histoires. Qui aurait pu vouloir le tuer ?

— Demandons-nous plutôt qui aurait pu avoir l'occasion de le tuer, corrigea Poirot.

— La réponse à ça, fit Japp, c'est... à peu près n'importe qui ! Sa sœur aurait pu descendre de leur appartement du troisième étage et lui tirer dessus.

Une des bonnes aurait pu entrer et lui tirer dessus. Son associé, Reilly, aurait pu lui tirer dessus. Alfred aurait pu lui tirer dessus. Un de ses patients aurait pu lui tirer dessus.

Japp s'interrompit, avant de reprendre :

— Et Amberiotis aurait pu lui tirer dessus – du lot, c'était d'ailleurs sans doute le mieux placé pour le faire.

Poirot hocha la tête.

— Auquel cas, reste à trouver pourquoi.

— Exactement. Retour à la case départ. Pourquoi ? Amberiotis ne s'offre rien moins que le Savoy. Pourquoi un riche Grec irait-il tuer un dentiste sans histoires ?

Poirot eut un haussement d'épaules.

— Il semblerait que la mort, faisant preuve de plus mauvais goût, ait choisi la mauvaise victime. Elle avait pourtant sous la main trois personnages de choix : le Grec Mystérieux, le Banquier Richissime et le Détective Mondialement Célèbre – il aurait été tellement plus naturel que l'un de ces trois-là soit assassiné ! Car enfin, les étrangers mystérieux peuvent être mêlés à des affaires d'espionnage, les banquiers richissimes ont sûrement des proches qui profiteront de leur décès et les détectives mondialement célèbres représentent un danger pour les criminels.

— Tandis que ce brave Morley n'était un danger pour personne, conclut Japp, maussade.

— Ça, je me le demande quand même…

Japp lui jeta un regard aigu.

— Qu'avez-vous derrière la tête ?

— Pas grand-chose. Juste une remarque fortuite qui me revient.

Il répéta à Japp les quelques mots du dentiste au sujet de sa mémoire des visages et de cette patiente qu'il avait déjà vue quelque part.

Japp parut sceptique.

— Pourquoi pas ? Mais ça me semble quand même un peu tiré par les cheveux. Il pouvait tout bonnement s'agir de quelqu'un qui ne souhaitait pas divulguer son identité. Vous n'avez rien noté de particulier chez les autres patients ce matin ?

— Si, susurra Poirot. J'ai remarqué dans la salle d'attente un garçon qui avait une vraie tête d'assassin.

— Qu'est-ce que vous me chantez là ? s'exclama Japp.

Poirot sourit.

— C'était en arrivant, très cher ! J'étais nerveux, je me faisais des idées – enfin bref… dans tous mes états. Tout me semblait redoutable : la salle d'attente, les patients… et jusqu'au tapis des escaliers ! En fait, ce garçon devait souffrir d'une effroyable rage de dents, c'est tout.

— Je sais ce que c'est, compatit Japp. Néanmoins, nous allons quand même nous renseigner sur votre assassin. Et sur tout le monde, d'ailleurs, qu'il s'agisse ou non d'un suicide. Je crois que la première chose à faire est d'avoir un entretien avec Mlle Morley. Je n'ai échangé que quelques mots avec elle. Elle était sous le choc, évidemment, mais elle ne paraît pas du genre à s'effondrer. Allons la voir tout de suite.

Imposante et sombre, Georgina Morley écouta les deux hommes et répondit à leurs questions.

— Pour moi, dit-elle avec emphase, il est inconcevable – rigoureusement inconcevable – que mon frère se soit suicidé.

— Vous comprenez ce que cela sous-entend, mademoiselle ? dit Poirot.

— Vous pensez... meurtre ?

Elle se tut, puis reprit lentement :

— C'est vrai, cela semble presque aussi impossible qu'un suicide.

— Mais pas aussi rigoureusement impossible ?

— Non, parce que... oh ! dans la première hypothèse, je sais de quoi je parle... je veux dire que je connaissais l'état d'esprit de mon frère. Je sais qu'il ne pensait à rien de ce genre. Je sais qu'il n'y avait aucune raison... absolument aucune raison pour qu'il mette fin à ses jours.

— Vous l'avez vu ce matin – avant qu'il descende travailler ?

— Au petit-déjeuner, oui.

— Et il était... comme d'habitude ? Ni maussade, ni déprimé, ni rien ?

— Il était maussade, mais pas comme vous l'entendez. Il s'agissait d'une simple contrariété.

— Quel genre de contrariété ?

— Il avait devant lui une matinée surchargée, et son assistante avait été appelée en province.

— Il s'agit bien de Mlle Nevill ?

— Oui.

— Quelles étaient ses fonctions auprès de votre frère ?

— Elle s'occupait du courrier, bien sûr, et tenait le cahier de rendez-vous et les fiches de soins. Et puis elle veillait à la stérilisation des instruments et préparait les amalgames, qu'elle lui tendait tandis qu'il opérait.

— Cela faisait longtemps qu'elle travaillait avec votre frère ?

— Trois ans. C'est une fille très sérieuse et nous l'aimons… l'aimions tous deux beaucoup.

— Elle a été appelée auprès d'une parente malade, m'a confié votre frère.

— Oui, elle avait reçu un télégramme disant que sa tante avait eu une attaque. Elle est partie pour le Somerset par le premier train du matin.

— Et c'est ça qui contrariait tant votre frère ?

— Ou-oui.

Il y avait eu une légère hésitation dans la voix de Mlle Morley. Elle poursuivit assez précipitamment :

— Ne… n'allez pas croire que mon frère manquait de cœur. C'est juste qu'il a cru – oh ! rien qu'un moment…

— Oui, mademoiselle Morley ?

— Eh bien, que ça aurait pu n'être qu'un prétexte. Je vous en prie, ne vous méprenez pas : je suis certaine que Gladys ne se serait jamais permis d'agir ainsi. Je l'ai d'ailleurs dit à Henry. Mais la raison de tout cela, c'est qu'elle s'est fiancée à un garçon assez… discutable. Henry en était très affecté – et il s'était fourré dans la tête que ce garçon aurait pu la persuader de s'offrir un jour de congé.

— Ce soupçon vous paraissait fondé ?

— Non, absolument pas. Gladys est une fille beaucoup trop consciencieuse pour ça.

— Mais le fiancé en question, lui, est du genre à pouvoir suggérer une chose pareille ?

Mlle Morley eut un reniflement de mépris.

— À mon avis, oui, tout à fait.

— Et que fait-il, ce jeune homme? Comment s'appelle-t-il, à propos?

— Carter, Frank Carter. Il est – ou plutôt était – employé d'assurances, si j'ai bien compris. Il a perdu son emploi il y a quelques semaines et semble incapable d'en trouver un autre. Henry le considérait comme une crapule – et je dois avouer que je partageais son avis. Le fait est que Gladys lui avait prêté une partie de ses économies, et que cela tracassait beaucoup Henry.

Japp intervint soudain.

— Votre frère a-t-il essayé de la persuader de rompre?

— Il a essayé, en effet.

— Alors ce Frank Carter avait, pourrait-on dire, de bonnes raisons de lui en vouloir?

Mais le grenadier n'était pas du genre à s'en laisser conter.

— Ridicule, trancha-t-elle. Je veux dire... si vous suggériez que Frank Carter a pu tuer Henry. Mon frère avait mis Gladys en garde contre ce jeune homme, c'est vrai, mais elle n'en a pas tenu compte : elle est stupidement entichée de lui.

— Savez-vous si quelqu'un d'autre aurait pu avoir des raisons d'en vouloir à votre frère?

Mlle Morley fit non de la tête.

— Comment s'entendait-il avec son associé, M. Reilly?

— Aussi bien qu'il est possible de s'entendre avec un Irlandais, répliqua Mlle Morley, acerbe.

— Qu'entendez-vous par là, chère mademoiselle ?

— Les Irlandais ont un caractère de cochon, non ? et ils ne laissent jamais passer une occasion de se quereller. Le cheval de bataille de M. Reilly, c'est la politique.

— Rien d'autre ?

— Non. Oh, par bien des côtés, M. Reilly est critiquable, mais il est très compétent. C'était du moins l'opinion de mon frère.

Japp voulut en savoir davantage.

— C'est à dire, critiquable ?

Mlle Morley hésita une seconde avant de répondre, d'un ton acide :

— Il boit – mais, s'il vous plaît, que cela reste entre nous.

— Y a-t-il eu des accrochages entre votre frère et lui à ce sujet ?

— Henry a dû lui faire une ou deux remontrances. Voyez-vous, exposa doctement Mlle Morley, en soins dentaires il faut une main sûre. De surcroît, une haleine chargée d'alcool n'inspire pas vraiment confiance.

Japp acquiesça d'un lent hochement de tête avant de s'enquérir :

— Pouvez-vous nous parler de la situation financière de votre frère ?

— Henry se faisait un joli revenu, et il avait mis pas mal d'argent de côté. Nous jouissions en outre l'un et l'autre de quelques rentes laissées par notre père.

— Je suppose, murmura Japp en toussotant, que vous ne savez pas si votre frère avait fait son testament.

— Bien sûr que si – et je peux même vous dire ce qu'il contient. Il lègue cent livres à Gladys Nevill, sinon tout le reste me revient.

— Je vois. Et maintenant, mademoiselle Morley…

Un coup violent ébranla soudain la porte. Et la tête d'Alfred se découpa aussitôt dans l'entrebâillement. Ses petits yeux écarquillés détaillèrent effrontément les deux visiteurs tandis qu'il lançait :

— C'est Mlle Nevill. Elle est revenue… et dans un drôle d'état. Ce qu'elle veut savoir, c'est si elle peut entrer ?

— Dites-lui de venir tout de suite, Alfred ! tonna Mlle Morley, voyant que Japp avait acquiescé.

— J'y vais ! brailla Alfred avant de s'éclipser.

Mlle Morley poussa un soupir à fendre l'âme.

— Ce gosse me rendra folle ! ajouta-t-elle en martelant chaque mot.

*

Gladys Nevill était une grande fille blonde, un peu anémique, d'environ vingt-huit ans. Bien que visiblement bouleversée, elle fit aussitôt preuve d'intelligence et de présence d'esprit.

Sous prétexte d'examiner les papiers du dentiste – mais en réalité pour la soustraire à Mlle Morley –, Japp et Poirot l'entraînèrent dans le petit bureau attenant au cabinet.

— Je n'arrive tout bonnement pas à y croire ! répétait-elle à satiété. Ça me paraît absolument inimaginable que M. Morley ait pu faire une chose pareille !

Sur un point, en tout cas, elle se montrait catégorique : il ne lui avait jamais paru le moins du monde abattu ou déprimé.

Japp prit le taureau par les cornes.

— Vous avez été appelée en province ce matin, mademoiselle Nevill…

Elle lui coupa la parole :

— Oui, et c'était une sale blague, une plaisanterie stupide ! Je n'arrive pas à admettre que des gens puissent faire des choses pareilles ! Je trouve ça monstrueux !

— Que voulez-vous dire, mademoiselle Nevill ?

— Que ma tante n'avait rien du tout. Qu'elle se portait comme un charme et ne s'était jamais portée aussi bien. Elle n'en croyait pas ses yeux quand elle m'a vue arriver. Bien sûr, j'étais ravie de la voir comme ça – mais en même temps j'étais hors de moi. Envoyer un télégramme pareil, me rendre à moitié folle d'inquiétude et tout…

— Ce télégramme, vous l'avez gardé ?

— Non, je l'ai jeté. À la gare, je crois bien. Il disait simplement : *Votre tante victime d'une attaque la nuit dernière. Venez au plus vite.*

— Vous êtes sûre et certaine que… euh… (Japp eut une petite toux gênée) que ce n'était pas l'œuvre de votre ami, M. Carter ?

— Frank ? Mais pourquoi, enfin ? Oh, je vois… vous pensez à un coup monté entre nous ? Non, je vous le garantis, inspecteur, ni l'un ni l'autre nous ne serions capables d'agir de la sorte.

Son indignation paraissait sincère, et Japp éprouva quelques difficultés à la calmer. Mais une question concernant les patients de la matinée ramena la jeune femme à son efficacité habituelle.

— Ils figurent tous dans le cahier. Je parie que vous l'avez déjà consulté. Je connais la plupart d'entre eux. À 10 heures : Mme Soames – c'était pour son nouveau dentier. 10 h 30 : lady Grant – une dame d'un certain âge, qui habite Lowndes Square. 11 heures : M. Hercule Poirot, qui vient régulièrement – oh, mais c'est lui, bien sûr ! Excusez-moi, monsieur Poirot, je ne sais vraiment plus où j'en suis… 11 h 30 : M. Alistair Blunt, le banquier, vous voyez de qui il s'agit – une visite rapide, parce que M. Morley lui avait déjà préparé sa dent la dernière fois qu'il était venu.

» Ensuite Mlle Sainsbury Seale – elle avait téléphoné en urgence – rage de dents. M. Morley avait réussi à la caser dans son emploi du temps. Une intarissable bavarde, rien à faire pour l'interrompre – et une faiseuse d'histoires par-dessus le marché. Puis, à midi : M. Amberiotis – un nouveau client –, il avait téléphoné du Savoy. M. Morley reçoit pas mal d'étrangers – et même des Américains. Enfin, à midi et demi : Mlle Kirby. Elle vient spécialement de Worthing.

— Quand je suis arrivé, il y avait dans la salle d'attente un homme assez grand, d'allure militaire, dit Poirot. Avez-vous une idée de qui il pourrait s'agir ?

— D'un des patients de M. Reilly, j'imagine. Voulez-vous que j'aille chercher son cahier ?

— Oui, s'il vous plaît, mademoiselle.

Elle ne s'absenta que quelques minutes et revint avec un cahier en tous points semblable à celui de M. Morley.

— 10 heures, lut-elle : Betty Heath, une fillette de neuf ans. 11 heures : colonel Abercrombie.

— Abercrombie, murmura Poirot dans sa moustache. C'était donc ça !

— 11 h 30 : M. Howard Raikes. Midi : M. Barnes. M. Reilly n'avait pas d'autres rendez-vous ce matin. Sa clientèle est nettement moins importante que celle de M. Morley, cela va de soi.

— Pourriez-vous nous renseigner sur ces patients-là ?

— Le colonel Abercrombie vient depuis longtemps, et tous les enfants de Mme Heath sont soignés par M. Reilly. Je ne peux rien vous dire sur M. Raikes ou M. Barnes, si ce n'est que j'ai sans doute entendu leurs noms – c'est moi qui prends toutes les communications téléphoniques.

— Nous demanderons ça à M. Reilly, dit Japp. J'aimerais le voir dès que possible.

Mlle Nevill s'éclipsa.

— Parmi les clients de Morley ce matin, tous étaient réguliers, sauf Amberiotis, fit remarquer Japp à Poirot. Je sens que je vais avoir une petite conversation avec ce M. Amberiotis. Jusqu'à plus ample informé, c'est la dernière personne à avoir vu Morley vivant – et nous allons devoir nous assurer que Morley était toujours bien en vie après qu'il l'a quitté.

— Restera à déterminer le mobile, fit observer Poirot en secouant la tête.

— Je sais. C'est le mobile qui va nous donner le plus de fil à retordre. Mais nous avons peut-être quelque chose sur Amberiotis au Yard… Vous m'avez l'air bien songeur, Poirot !

— Il y a quelque chose qui m'intrigue.

— Et quoi donc ?

L'ombre d'un sourire passa sur le visage de Poirot.

— Pourquoi l'inspecteur principal Japp ?

— Pardon ?

— J'ai dit : « Pourquoi l'inspecteur principal Japp ? » C'est fréquent, ça, qu'on fasse appel à un personnage de votre importance dans une affaire de suicide ?

— Il se trouve que j'étais à deux pas à ce moment-là. Chez Lavenham, dans Wigmore Street. Très ingénieux, le système de fraudes que nous y avons d'ailleurs découvert ! Bref, on m'y a téléphoné de venir ici.

— Mais pourquoi vous a-t-on téléphoné à vous ?

— Oh, ça ? Rien de plus simple : Alistair Blunt. Dès que le divisionnaire a su qu'il était venu là ce matin, il a prévenu le Yard. M. Blunt fait partie de ces gros bonnets auxquels la police assure une protection discrète.

— Vous sous-entendez par là qu'il y a des gens qui aimeraient le voir… hors jeu ?

— Et plutôt deux fois qu'une ! Les Rouges, pour commencer – et nos amis Chemises noires par-dessus le marché. C'est Blunt et ses pairs – la bonne vieille finance conservatrice – qui permettent au gouvernement actuel de rester en place. C'est la raison pour laquelle on m'a mis sur cette affaire. Pour que je m'assure qu'il n'y a rien de louche derrière tout ça.

— C'est ce que j'avais plus ou moins subodoré, dit Poirot. Et c'est aussi le sentiment que j'ai… (Il eut un geste expressif de la main.) À savoir qu'il y a peut-être bien eu une erreur, un raté quelque part. La véritable victime, c'était – ç'aurait dû être – Alistair Blunt. À moins que ce ne soit qu'un début – le début d'une campagne ? Cette affaire sent mauvais. Elle pue les gros sous !

— Vous ne croyez pas que vous allez quand même un peu vite en besogne ? fit Japp.

— Tout ce que je suggère, c'est que ce malheureux Morley n'était qu'un pion sur l'échiquier. Peut-être savait-il quelque chose... peut-être a-t-il dit quelque chose à Blunt... ou peut-être craignait-on qu'il ne lui dise quelque chose...

Il se tut à l'entrée de Gladys Nevill.

— M. Reilly est en train de faire une extraction, leur annonça-t-elle. Il sera libre dans une dizaine de minutes, si cela vous convient.

Japp lui répondit que cela leur convenait très bien. Il ajouta qu'il aurait en attendant un nouvel entretien avec le dénommé Alfred.

*

Alfred était partagé entre la nervosité, la jubilation et la crainte maladive de se faire reprocher tout ce qui s'était passé ! Il n'était embauché chez M. Morley que depuis quinze jours, durant lesquels, avec une belle constance, il avait systématiquement tout fait de travers. Et, à force de remontrances, il avait perdu toute espèce de confiance en lui.

— Peut-être qu'il était un rien plus grincheux que d'habitude, répondit-il à la question posée. Mais ça faisait pas une grande différence. Jamais j'aurais cru qu'il allait se faire la peau !

— Il faut nous dire tout ce dont vous pouvez vous souvenir de la matinée, intervint Poirot. Vous êtes un témoin de premier plan, et votre mémoire pourrait nous être d'un immense secours dans cette affaire.

Alfred bomba le torse et son visage vira à l'écarlate. Il avait déjà fait à Japp un bref compte rendu des événements du matin. Il se proposait maintenant de donner toute sa mesure. Un délicieux sentiment d'importance l'envahit.

— J'peux tout vous dire, plastronna-t-il. Allez-y ! Posez vos questions.

— En premier lieu, s'est-il produit quelque chose d'inhabituel ce matin ?

Alfred se creusa les méninges une minute avant d'avouer assez piteusement :

— Non, pas vraiment. Tout a été normal.

— Des inconnus sont-ils venus dans la maison ?

— Non, m'sieur.

— Pas même parmi les patients ?

— Ah, j'avais pas compris que vous parliez d'eux ! Personne n'est venu qu'avait pas de rendez-vous, si c'est ce que vous voulez dire. Ils étaient tous dans le cahier.

Japp hocha la tête. Et Poirot enchaîna :

— Quelqu'un aurait-il pu s'introduire ici sans que vous vous en aperceviez ?

— Pas moyen. Il aurait fallu qu'il ait la clé.

— En revanche, il est assez facile de quitter les lieux, n'est-ce pas ?

— Ouais. Y'a qu'à tourner la poignée, sortir et refermer derrière soi. C'est ce qu'ils font presque tous, comme je l'ai déjà dit. C'est souvent qu'ils redescendent par l'escalier pendant que je fais monter le client suivant par l'ascenseur, vous voyez ?

— Je vois. Maintenant, dites-nous, dans l'ordre, qui est venu ce matin. Si leur nom vous échappe, décrivez-les.

Alfred se concentra. Puis :

— Une dame avec une gamine – pour M. Reilly. Et puis une Mme Soap ou un nom dans ce goût-là pour M. Morley.

— Exact, fit Poirot. Continuez.

— Ensuite encore une mémé – une dame de la haute, comme qui dirait : elle est descendue d'une Daimler ! Quand elle est ressortie, c'est un grand type, genre militaire, qui s'est pointé. Deux secondes après (il désigna Poirot du menton), c'est vous.

— Très juste.

— Après… c'est l'Américain qui est arrivé…

Japp le coupa :

— L'Américain ?

— Oui, m'sieur. Un jeune gars. Et tout ce qu'il y a d'américain – y avait qu'à l'entendre ! Même qu'il est arrivé en avance : son rendez-vous, c'était 11 h 30. Et le bouquet, c'est qu'il a même pas attendu !

Japp faillit bien s'étrangler.

— Qu'est-ce que c'est que cette histoire ?

— Comme je vous l'dis. Je suis venu le chercher quand j'ai entendu la sonnette de M. Reilly à 11 heures et demie, ou peut-être un peu plus tard : midi moins vingt, par là. Eh ben, il a dû se dégonfler, et décider de filer en vitesse… (Il prit l'air averti.) Il y en a qui s'en vont des fois…

— Alors il a dû partir aussitôt après moi ? dit Poirot.

— Tout juste, m'sieur. Vous, vous êtes sorti après que j'ai fait monter un rupin qu'était venu en Rolls – ça, c'est de la bagnole ! M. Blunt, qu'il s'appelait. C'est en redescendant que je vous ai fait sortir et que j'ai fait entrer une bonne femme : Mlle Machin Berry Sel ou quelque chose d'approchant. Ensuite, eh ben j'ai foncé en bas, à la cuisine, histoire de manger un morceau – et j'avais encore la bouche pleine quand j'ai entendu la sonnette, celle de M. Reilly. Alors je suis remonté et, comme je vous l'ai dit, j'ai vu que l'Américain avait filé. J'ai grimpé le dire à M. Reilly, sur quoi il a juré du tonnerre de Dieu comme à son habitude.

— Ensuite ? le pressa Poirot.

— Attendez voir, qu'est-ce qui s'est passé ensuite ? Ah oui, la sonnette de M. Morley a carillonné pour Mlle Sel Truc, et le rupin est redescendu et sorti pendant que je faisais monter cette Mlle Machin Chouette par l'ascenseur. Ensuite je suis redescendu et deux hommes sont entrés – un petit avec une drôle de voix aiguë… je me souviens pas de son nom. Pour M. Reilly, qu'il était. Et un gros étranger pour M. Morley.

» Mlle Sel a pas été très longue – pas plus d'un quart d'heure. Je l'ai raccompagnée à la porte et j'ai fait monter le gros étranger. L'autre, je l'avais mené illico à M. Reilly dès qu'il était arrivé.

— Et le monsieur étranger, M. Amberiotis, vous ne l'avez pas vu repartir ? questionna Japp.

— Non, m'sieur. Il a dû ressortir tout seul. Et je n'ai pas vu partir l'autre non plus.

— Où vous trouviez-vous à partir de midi ?

— Toujours planté dans l'ascenseur, m'sieur. C'est là que j'attends qu'on me sonne de l'entrée ou de chez les patrons.

— Et vous y étiez peut-être occupé à lire ? hasarda Poirot.

Alfred rougit de nouveau.

— Y a pas de mal à ça, m'sieur. C'est pas comme si j'avais autre chose à faire.

— Absolument. Et que lisiez-vous ?

— *La mort frappe à 11 h 45,* m'sieur. Un roman policier américain. Une histoire à tout casser ! Un truc de gangsters !

Poirot le gratifia d'un petit sourire.

— D'où vous étiez, auriez-vous entendu la porte d'entrée se refermer ?

— Si quelqu'un était sorti ? Je crois pas. Je veux dire, je crois pas que je l'aurais remarqué ! Vous comprenez, l'ascenseur est au fond du couloir, après le coude. La sonnette de l'entrée et celles des patrons se trouvent juste derrière. Elles, impossible de les louper !

Poirot hocha la tête d'un air entendu. Quant à Japp, il se contenta d'un rapide :

— Qu'est-ce qui s'est passé ensuite ?

Alfred fronça les sourcils dans un suprême effort de mémoire.

— Il n'y a plus eu que la dernière cliente, Mlle Shirty. Moi, j'attendais le coup de sonnette de M. Morley. Mais ça ne venait pas. Et, sur le coup de 13 heures, la bonne femme a dû en avoir marre d'attendre parce qu'elle a commencé à se mettre en rogne.

— Et à aucun moment vous n'avez eu l'idée d'aller voir si M. Morley était prêt ?

Alfred secoua la tête avec véhémence.

— Moi, m'sieur ? Ah, ça non ! Je m'en serais bien gardé. Pour moi, le dernier client était toujours là-haut. Tout ce que j'avais à faire, c'était d'attendre le coup de sonnette. Bien sûr, si j'avais su que M. Morley s'était trucidé…

Il s'ébroua avec une délectation morbide.

— Habituellement, la sonnette retentissait avant ou après que les patients redescendaient ?

— Ça dépendait. En général, le client redescendait par les escaliers, et j'entendais la sonnette ensuite. Quand ils préféraient l'ascenseur, ça pouvait arriver que la sonnette se déclenche pendant que j'étais à les descendre. Mais pas toujours. Des fois, M. Morley attendait quelques minutes avant de sonner pour le client suivant. Mais quand il était pressé, il sonnait dès que le client avait tourné les talons.

— Je vois…

Poirot resta un instant silencieux, puis demanda :

— Le suicide de M. Morley vous a-t-il surpris, Alfred ?

— J'en suis resté comme deux ronds de flan, oui ! Il avait aucune raison de se tuer, enfin d'après moi, quoi ! Et… oh !…

Alfred venait soudain d'ouvrir les yeux comme des soucoupes.

— Mais alors… ça voudrait dire qu'il a été *assassiné,* c'est ça ?

Poirot prit Japp de vitesse.

— Supposons qu'il l'ait été. Cela vous étonnerait-il moins ?

— Alors, là, je sais pas trop, m'sieur. Je ne vois pas qui aurait pu vouloir tuer M. Morley. C'était… euh… c'était quelqu'un de très ordinaire, en fait. Il a vraiment été assassiné, m'sieur ?

— Il nous faut envisager toutes les possibilités, dit gravement Poirot. C'est pourquoi je vous ai dit que vous étiez un témoin de la plus haute importance, et que vous deviez essayer de vous rappeler tout – rigoureusement tout – ce qui s'est passé ce matin.

Poirot avait donné tant de solennité à ses paroles qu'Alfred se replongea dans un prodigieux effort de mémoire.

— Je me rappelle rien d'autre, m'sieur. Rien de rien, dit-il d'une voix désolée.

— Très bien, Alfred. Et vous me garantissez une fois de plus que personne, en dehors des patients, n'est venu ce matin ?

— Aucun étranger, m'sieur. Rien que le jeune gars de Mlle Nevill qui est passé et qui s'est mis en pétard parce qu'elle était pas là.

Japp parut sur le point d'exploser.

— Il est passé ? Quand ça ?

— Un peu après midi. Quand je lui ai dit que Mlle Nevill serait pas là de la journée, il a eu l'air mauvais et il a dit qu'il allait attendre pour parler à M. Morley. Sur quoi je lui ai dit que le patron avait pas une minute avant le déjeuner, alors il m'a dit que tant pis, il attendrait le temps qu'il faudrait.

— Et il a attendu ? s'enquit Poirot.

Un éclair de stupeur passa dans le regard d'Alfred.

— Mince, alors ! J'y avais même pas pensé ! Il est bien allé dans la salle d'attente, ça oui – mais après il n'y était plus. Il a dû en avoir sa claque d'attendre et se dire qu'il pourrait aussi bien revenir une autre fois.

*

Après le départ d'Alfred, Japp s'en prit vivement à Poirot :

— Vous trouvez malin d'avoir parlé de meurtre à ce zigoto ?

Poirot haussa les épaules.

— Je le crois… oui. Je crois que ça va stimuler sa mémoire, et aussi l'inciter à ouvrir l'œil sur tout ce qui se passe ici.

— Peut-être bien. Mais nous n'avons pas intérêt à ce que la notion de crime s'ébruite trop tôt.

— Aucun risque, mon cher. Alfred est un grand lecteur de romans policiers. Il est passionné de crimes. Tout ce qu'il pourra raconter sera mis sur le compte de son imagination morbide.

— Oui, bon, vous n'avez peut-être pas entièrement tort, Poirot. Quoi qu'il en soit, allons écouter ce que M. Reilly peut bien avoir à dire.

Le cabinet et le bureau de M. Reilly occupaient le premier étage. Aussi spacieux que ceux du second, ils étaient moins ensoleillés et beaucoup moins somptueusement équipés.

L'associé de M. Morley était un grand gaillard brun avec une mèche rebelle qui lui retombait sur le front. Il avait la voix prenante et le regard pénétrant.

— Nous espérons, monsieur Reilly, dit Japp après s'être présenté, que vous pourrez apporter quelque lumière sur cette affaire.

— Eh bien, vous vous trompez, répondit le dentiste. Tout ce que je peux dire, c'est que Henry Morley était bien la dernière personne à se suicider. Moi, j'aurais pu le faire. Lui, non.

— Et pourquoi auriez-vous pu le faire? demanda Poirot.

— Parce que des problèmes, j'en ai à la pelle. D'argent, pour commencer. Je n'ai jamais été capable d'ajuster mes dépenses et mes revenus. Morley, lui, était un homme avisé. Ce n'est pas chez lui que vous trouverez des dettes ou des problèmes financiers – pour ça, aucun risque.

— Des liaisons, peut-être? suggéra Japp.

— C'est de Morley que vous parlez? Il ignorait tout des joies de l'existence. Sa sœur le tenait bien trop étroitement en laisse pour ça, le pauvre!

Japp entreprit d'interroger le dentiste sur ses patients de la matinée.

— Oh, je veux croire qu'ils sont tous parfaitement normaux et transparents. La petite Betty Heath est une gentille gosse. J'ai eu toute la famille, les uns après les autres. Le colonel Abercrombie est mon patient depuis belle lurette, lui aussi.

— Et M. Howard Raikes? s'enquit Japp.

Reilly se fendit d'un large sourire.

— Celui qui m'a fait faux bond? Je ne l'avais encore jamais vu. Je ne sais rien de lui. Il avait téléphoné en insistant pour être reçu ce matin.

— D'où avait-il appelé?

— Du Holborn Palace Hotel. C'est un Américain, je crois.

— C'est aussi l'avis de votre groom.

— Avis de connaisseur, sourit M. Reilly. C'est un spécialiste de films noirs, notre Alfred.

— Et votre autre patient?

— Barnes? Un drôle de petit bonhomme précis et pointilleux. Fonctionnaire à la retraite. Il vit du côté d'Ealing.

Japp marqua un temps avant de demander :

— Que pouvez-vous nous dire sur Mlle Nevill?

Le dentiste haussa les sourcils.

— La rrâ-vissante assistante blonde? Vous perdez votre temps, mon vieux! Ses relations avec l'ami Morley étaient parfaitement pures – j'en mettrais ma tête à couper.

— Je n'ai jamais suggéré qu'il puisse en aller autrement, protesta Japp en rosissant.

— Autant pour moi, dit Reilly. J'ai l'esprit mal tourné, pardon. Je pensais que c'était une tentative de votre part pour «chercher la femme», comment on dit en français. Pardonnez-moi de parler votre langue, ajouta-t-il à l'intention de Poirot. Bel accent, qu'en dites-vous? Voilà ce que c'est que d'avoir fait ses études chez les bonnes sœurs.

Agacé par cette désinvolture, Japp le coupa :

— Que savez-vous du garçon auquel elle est fiancée? Son nom est Carter, m'a-t-on dit. Frank Carter.

— Morley n'en pensait rien de bien. Il a essayé de convaincre la petite de le laisser tomber.

— Carter aurait pu mal le prendre ?

— Ça ne l'a vraisemblablement pas fait sauter de joie, acquiesça M. Reilly avec bonne humeur.

Après un silence, il ajouta :

— Je vous demande pardon, c'est sur un suicide que vous enquêtez, ou sur un meurtre ?

— S'il s'agissait d'un meurtre, répliqua sèchement Japp, auriez-vous une suggestion à faire ?

— Moi ? Pas le moins du monde ! Notez que j'aimerais assez que ce soit un coup de Georgina. J'ai du mal avec ces femmes sinistres qui professent l'abstinence ! Hélas, je la crois d'une moralité sans faille. Bien sûr, j'aurais pu monter en vitesse et tuer le bonhomme, mais il se trouve que je ne l'ai pas fait. Le hic, voyez-vous, c'est que je n'arrive pas à imaginer que qui que ce soit ait pu avoir envie de tuer Morley. Et que je ne peux pas non plus me faire à l'idée qu'il se soit suicidé…

La voix changée, il ajouta :

— Pour ne rien vous cacher, cette histoire m'attriste beaucoup… Ne faites pas attention à mes manières. Elles sont à mettre sur le compte de l'émotion. Je l'aimais bien, ce brave Morley – il va me manquer.

*

Japp raccrocha le téléphone et tourna vers Poirot un visage plutôt amer.

— M. Amberiotis ne se sent pas très bien. Il préférerait n'avoir aucune visite cet après-midi…

» Eh bien, il va quand même me voir – et il n'a pas intérêt à fiche le camp ! J'ai un homme au Savoy, prêt à le filer s'il fait mine de nous fausser compagnie.

— Vous pensez que c'est Amberiotis qui a tué Morley ? l'interrogea Poirot, songeur.

— Je n'en sais rien. Mais il est la dernière personne à l'avoir vu vivant. Et c'était un nouveau patient. S'il faut le croire, il a quitté Morley en parfaite santé à midi vingt-cinq. C'est peut-être vrai. Mais ça ne l'est peut-être pas non plus. Si Morley était bien vivant, il nous faut reconstituer ce qui s'est passé ensuite. Il lui restait cinq minutes avant le rendez-vous suivant. Quelqu'un est-il entré pendant ces cinq minutes ? Carter, par exemple ? Ou Reilly ? Que s'est-il passé ? Ce qu'il y a de sûr, c'est qu'à midi et demi, midi trente-cinq au plus tard, Morley était mort. Sinon, il aurait sonné pour Mlle Kirby, ou il lui aurait fait dire qu'il ne pouvait pas la recevoir. Non, ou bien il a été tué, ou bien quelqu'un lui a dit quelque chose qui lui a chamboulé les méninges au point qu'il ait décidé d'en finir.

Il marqua un temps. Puis :

— Je vais interroger chacun des patients qu'il a reçus ce matin. Il y a une petite chance qu'il ait dit quelque chose à l'un d'eux qui pourrait nous fournir une piste.

Il consulta sa montre.

— M. Blunt a déclaré qu'il pouvait m'accorder quelques minutes à 16 h 15. Commençons par lui. Il habite Chelsea Embankment. Ensuite, nous pourrions passer voir Mlle Sainsbury Seale sur le chemin, avant Amberiotis. Il vaut mieux que nous en sachions le maximum quand nous aborderons notre ami grec. Après, j'aimerais échanger quelques mots avec cet Américain qui, selon vous, avait le mot « meurtre » inscrit sur le visage.

Poirot secoua la tête.

— Pas meurtre – rage de dents.

— N'importe, nous verrons ce M. Raikes. Il s'est comporté de bien curieuse façon, c'est le moins qu'on puisse dire. Et puis nous nous renseignerons sur le télégramme de Mlle Nevill, et sur sa tante, et sur son jeune galant. En somme, nous contrôlerons tout et tout le monde !

*

Alistair Blunt n'avait jamais beaucoup retenu l'attention publique. Peut-être parce que c'était un homme tranquille et qui n'aimait rien tant que se tenir à l'écart. Peut-être aussi parce que, longtemps, son rôle avait été celui d'un prince consort plus que d'un souverain.

Rebecca Sanseverato, née Arnholt, était arrivée à Londres à l'âge de quarante-cinq ans, désenchantée. Des deux côtés, elle s'apparentait à l'aristocratie de l'argent. Sa mère était l'héritière de la dynastie européenne des Rotherstein, son père présidait aux destinées de la banque américaine Arnholt. À la suite de la mort tragique de ses deux frères et d'un cousin dans un accident d'avion, Rebecca Arnholt s'était retrouvée seule héritière d'une immense fortune. Elle avait alors épousé un aristocrate européen doté d'un nom prestigieux, le prince Felipe di Sanseverato.

À l'issue de deux années d'avanies auprès de cette canaille bien née à l'inconduite notoire, elle avait obtenu le divorce et la garde de leur enfant, qui devait mourir quelques années plus tard.

Aigrie par ces épreuves, Rebecca Arnholt avait dès lors consacré son indéniable intelligence à la finance – ce talent-là ne lui coulait-il pas dans les veines ? Et elle s'était associée aux activités de son père.

Quand ce dernier était mort, elle avait continué, à la tête de son immense holding, à jouer un rôle de premier plan dans le monde de la finance. Elle était venue à Londres et un jeune associé de l'établissement londonien avait alors été dépêché au Claridge pour lui soumettre un certain nombre de documents. Six mois plus tard, la nouvelle tombait, électrisant le monde : Rebecca Sanseverato épousait Alistair Blunt – de vingt ans son cadet.

Il y avait eu, bien entendu, les railleries et les sourires d'usage. Rebecca, répétaient ses amis, se montrait d'une incurable idiotie dès qu'il s'agissait de la gent masculine. D'abord Sanseverato, et maintenant ce jeune homme ! À l'évidence, il ne l'épousait que pour son argent. Elle courait droit à un second désastre. Mais, à la surprise générale, cette union s'était révélée une réussite. Ceux qui avaient prédit qu'Alistair Blunt lui dilapiderait sa fortune en aventures galantes s'étaient trompés. Il avait mené une sage existence auprès de sa femme. Et même quand elle mourut, dix ans plus tard, alors qu'héritier de tous ses biens on aurait pu penser qu'il allait s'accorder du bon temps, il n'en fit rien. Il ne se remaria pas. Il conserva la même existence simple et casanière.

Son génie de la finance n'avait rien à envier à celui de sa femme. Ses jugements et ses décisions étaient pleins de bon sens – son intégrité n'était pas contestable. Et toutes ces qualités le mettaient naturellement en position de gouverner l'empire financier Arnholt & Rotherstein.

Il allait peu dans le monde, possédait une maison dans le Kent et une dans le Norfolk, où il passait les fins de semaine, non pas en joyeuse compagnie mais avec une poignée d'amis aussi peu délurés que lui. Il aimait le golf et y jouait moyennement bien. Et il s'intéressait à ses jardins.

Tel était l'homme vers lequel se pressaient l'inspecteur principal Japp et Hercule Poirot dans un taxi brinquebalant.

Gothic House était un des hauts lieux de Chelsea Embankment. L'intérieur était d'une luxueuse simplicité. Pas très moderne, mais éminemment confortable.

Alistair Blunt les reçut aussitôt.

— Inspecteur principal Japp, n'est-ce pas ?

L'homme du Yard présenta Hercule Poirot. Blunt dévisagea ce dernier avec intérêt.

— Je vous connais de nom, cela va de soi, monsieur Poirot. Et sans le moindre doute… quelque part… récemment…

Il s'arrêta, sourcils froncés.

— … Ce matin, monsieur, dans la salle d'attente de cet infortuné M. Morley, compléta Poirot.

Le visage du financier s'éclaira.

— Mais bien sûr ! Je savais bien que je vous avais vu quelque part.

Il se tourna vers Japp.

— Que puis je pour vous? La nouvelle m'a consterné.

— Vous a-t-elle également surpris, monsieur Blunt?

— Beaucoup, oui. Bien sûr, je ne le connaissais pas très bien. Mais, d'instinct, j'aurais juré qu'il n'était pas homme à se tuer.

— Donc, physiquement et moralement, il paraissait en forme, ce matin?

— Je crois, oui…

Alistair Blunt garda le silence un moment, puis ajouta, avec un sourire presque enfantin :

— Pour être tout à fait franc, je suis d'une affreuse couardise en face du dentiste. J'exècre ce diabolique instrument qu'on vous enfonce dans la bouche. C'est pourquoi je n'ai pas vraiment fait attention. Jusqu'à ce que ce soit fini et que je puisse m'en aller. À ce moment-là, Morley m'a paru dans un état parfaitement normal, je dois bien l'avouer. Chaleureux mais peu enclin à perdre son temps.

— Vous l'avez consulté souvent?

— C'était mon troisième ou quatrième rendez-vous, je crois. Je n'avais jamais eu de problème de dents avant. Le déclin qui commence, j'imagine.

— Qui vous a recommandé M. Morley?

M. Blunt fronça les sourcils.

— Voyons… J'ai eu mal… Et quelqu'un m'a dit que Morley, de Queen Charlotte Street, était l'homme de la situation. Mais qui?… Non, désolé, je suis absolument incapable de me le rappeler.

— Si cela vous revenait, pourriez-vous être assez gentil pour nous le faire savoir, à l'un ou à l'autre? demanda Poirot.

Alistair Blunt lui jeta un regard intrigué.

— Certainement. Pourquoi donc? C'est important?

— J'ai dans l'idée que ça pourrait être très important, en effet, dit Poirot.

Ils sortaient de la maison quand une voiture se gara juste devant. C'était un cabriolet de sport, un de ces engins dont on ne peut s'extirper que morceau par morceau.

La jeune femme qui se livrait à cette gymnastique semblait être essentiellement constituée de bras et de jambes. Les deux hommes s'éloignaient dans la rue quand elle réussit finalement à s'extraire.

Elle resta au milieu du trottoir à regarder leurs dos. Puis, brusquement, lança un « Hep ! » retentissant.

N'imaginant pas que cet appel puisse leur être adressé, ils poursuivirent leur chemin, et la fille les interpella de nouveau :

— Hep ! Vous, là-bas !

Poirot et Japp s'arrêtèrent comme un seul homme et tournèrent vers elle un regard interrogateur. Elle les rejoignit, avec toujours autant de bras et de jambes. C'était une grande fille brune, mince et bronzée. Et, en voyant l'intelligence et la vivacité pétiller sur son visage, on oubliait qu'elle n'était pas vraiment belle.

C'est à Poirot qu'elle s'adressa :

— Je sais qui vous êtes, vous ! Vous êtes Hercule Poirot, le détective !

Sa voix était chaude et grave, avec une pointe d'accent américain.

— Pour vous servir, mademoiselle, dit Poirot.

Et, comme le regard de la jeune personne se posait sur son compagnon, il ajouta :

— Inspecteur principal Japp.

Elle parut étonnée, presque alarmée, aurait-on dit. Et c'est d'une voix quelque peu oppressée qu'elle demanda :

— Qu'êtes-vous venus faire ? Il ne… il n'est rien arrivé à oncle Alistair, n'est-ce pas ?

— Pourquoi cette question, mademoiselle ? s'enquit aussitôt Poirot.

— Ah, tant mieux !

Japp réitéra la question de Poirot :

— Qu'est-ce qui vous fait penser que quelque chose aurait pu arriver à M. Blunt, mademoiselle… ?

Il suspendit sa phrase.

— Olivera, répondit-elle mécaniquement. Jane Olivera.

Puis, avec un petit rire pas très convaincant :

— Des flics sur le perron, ça rime assez bien avec du pétard dans la maison, non ?

— M. Blunt va très bien, je peux vous l'assurer, mademoiselle, fit Japp d'un air pincé.

Elle se tourna vers Poirot.

— C'est lui qui vous a fait venir ? Au sujet d'un problème ?

— C'est nous qui lui avons rendu visite, pour lui demander s'il pouvait nous éclairer, au sujet d'un suicide qui a eu lieu ce matin, rétorqua Japp.

— Un suicide ? lança-t-elle. Le suicide de qui ? Où ça ?

— De M. Morley, dentiste, au 58 de Queen Charlotte Street.

— Oh!

Son exclamation exprimait toute la perplexité du monde. Elle répéta « Oh ! », parut regarder un instant dans le vide, sourcils froncés, puis décréta de façon inattendue :

— Oh, mais non, c'est absurde !

Sur quoi elle tourna les talons et, les plantant là sans cérémonie, courut jusqu'à la maison où elle entra avec sa clef.

— Eh bien ça, alors ! fit Japp, les yeux écarquillés. Voilà un commentaire peu banal !

— Peu banal, mais... intéressant, murmura Poirot.

Se reprenant, Japp consulta sa montre et héla un taxi en maraude.

— Nous avons le temps de nous occuper de Mlle Sainsbury Seale avant de nous rendre au Savoy.

*

Mlle Sainsbury Seale prenait le thé dans le hall chichement éclairé du Glengowrie Court Hotel.

L'irruption d'un policier en civil suscita son émoi – mais un assez plaisant émoi, crut remarquer Japp. Quant à Poirot, il fut peiné de noter qu'elle n'avait pas encore recousu la boucle de sa chaussure.

— Vraiment, monsieur l'officier de police, couina Mlle Sainsbury Seale en regardant alentour, vraiment je me demande où nous pourrions nous installer pour être à l'abri des oreilles indiscrètes. Il y a tant de monde... l'heure du thé, n'est-ce pas ?... mais peut-être en souhaiteriez-vous une tasse... ainsi que... ainsi que votre ami...

— Non, pas de thé pour moi, je vous remercie, mademoiselle. Mais permettez-moi de vous présenter M. Hercule Poirot.

— Monsieur Poirot, vraiment? couina de plus belle Mlle Sainsbury Seale. En ce cas, peut-être que… mais vous êtes sûr… tout à fait sûr que vous ne prendrez de thé ni l'un ni l'autre? Non. Alors peut-être pourrions-nous essayer le salon, bien qu'il soit souvent bondé. Oh, j'aperçois un petit coin là-bas… dans le renfoncement. Les gens s'en vont. Voulez-vous que nous y allions?

Elle les pilota vers l'isolement relatif qu'offrait une alcôve meublée d'un canapé et de deux fauteuils. Poirot et Japp lui emboîtèrent le pas, le premier se baissant deux fois pour ramasser successivement l'écharpe puis le mouchoir qu'elle avait semés en chemin.

— Oh, merci! roucoula-t-elle comme il les lui tendait. Je suis d'une telle étourderie! Mais je vous en prie, inspecteur – non : c'est inspecteur principal qu'il faut dire, n'est-ce pas? –, posez-moi toutes les questions que vous voulez. C'est tellement navrant, toute cette affaire! Le malheureux… les soucis le minaient, sans doute. Ah, nous vivons une bien triste époque!

— Vous a-t-il semblé préoccupé, mademoiselle Sainsbury Seale?

— Eh bien, voyez-vous…

Mlle Sainsbury Seale réfléchit un moment, puis avoua finalement à regret :

— Je ne saurais vous dire franchement s'il l'était bel et bien. Mais peut-être… compte tenu des circonstances… n'étais-je pas en état de remarquer quoi que ce soit. J'ai bien peur d'être assez froussarde, voyez-vous.

Sur quoi elle eut un petit gloussement et tapota l'espèce de nid de pie qui lui tenait lieu de mise en plis.

— Pouvez-vous nous dire qui se trouvait dans la salle d'attente en même temps que vous ?

— Laissez-moi réfléchir… Il y avait juste un jeune homme quand j'y suis entrée. Je pense qu'il devait souffrir le martyre parce qu'il ne cessait de marmonner d'un air furibond en feuilletant un magazine dans tous les sens. Et puis brusquement il s'est levé et il est sorti. Atroce, la rage de dents qu'il devait avoir !

— Vous ne savez pas s'il a quitté la maison en sortant de la salle d'attente ?

— Je n'en ai pas la moindre idée. J'imagine qu'il n'en pouvait plus et qu'il voulait absolument voir son dentiste. Mais il ne pouvait pas s'agir de M. Morley, parce que le groom est venu me chercher quelques minutes plus tard pour me conduire dans son cabinet.

— Êtes-vous repassée par la salle d'attente en partant ?

— Non. Parce que, voyez-vous, je m'étais recoiffée et j'avais déjà remis mon chapeau dans le cabinet de M. Morley. Certaines personnes, poursuivit-elle en s'animant, laissent leur chapeau en bas, dans la salle d'attente. Moi, jamais. Une aventure très pénible est arrivée à une de mes amies qui avait cette fâcheuse habitude. C'était un chapeau tout neuf, et elle l'avait posé bien soigneusement sur une chaise, et quand elle est redescendue… vous ne me croirez jamais… un enfant s'était assis dessus et l'avait transformé en galette. Fichu ! Complètement écrabouillé !

— Quelle effroyable catastrophe ! s'émut poliment Poirot.

— Moi, je dis que c'est la mère la coupable, décréta Mlle Sainsbury Seale, sentencieuse. Les mères devraient avoir l'œil sur leur progéniture. Les petits chéris ne pensent pas à mal, n'empêche qu'ils ont besoin d'être surveillés.

— Donc, la coupa Japp, ce jeune homme souffrant le martyre était le seul autre patient que vous ayez remarqué Queen Charlotte Street ?

— Un monsieur descendait les escaliers et est sorti juste quand je montais chez M. Morley… Oh ! et ça me revient : un individu à l'allure très bizarre – un étranger, à n'en pas douter – est sorti de la maison au moment précis où je descendais de taxi.

Japp toussota. Et Poirot tint à préciser non sans dignité :

— Il s'agissait de moi, chère madame.

— Oh, mon Dieu !

Mlle Sainsbury Seale le dévisagea.

— C'était vous ! Je suis confuse… ma myopie… et il fait si sombre, ici, non ?

Elle se réfugia dans un flot de paroles.

— Et pourtant, je vous assure, j'ai toujours été si fière de mes dons de physionomiste. Mais il fait tellement sombre ici ? Je vous en conjure, pardonnez-moi cette affreuse bévue !

Ils parvinrent non sans mal à calmer la malheureuse. Et Japp reprit :

— Vous êtes bien sûre que M. Morley n'a fait devant vous aucune allusion à – je ne sais pas, moi – une entrevue pénible à laquelle il s'attendait ? Ni à quoi que ce soit de ce genre ?

— Sûre et certaine.

— Il n'a pas mentionné un patient nommé Amberiotis ?

— Non, pas du tout. En fait, il n'a rien dit – excepté, bien entendu, ce que les dentistes sont censés dire.

Et, ce vocabulaire obligé, Poirot crut bien l'entendre encore résonner à ses oreilles : « *Rincez-vous. Ouvrez un peu plus grand, merci. Et maintenant, serrez doucement.* »

Cependant, Japp négociait l'étape suivante : il serait probablement nécessaire que Mlle Sainsbury Seale vienne témoigner à l'enquête.

Après un premier cri de détresse, elle parut se faire assez bien à cette perspective.

Hélas ! Sur une question anodine de Japp, l'irréparable survint. Mlle Sainsbury Seale se lança dans l'histoire exhaustive de son existence.

Elle était – semblait-il – revenue des Indes quelques mois plus tôt. Elle avait depuis lors essayé divers hôtels et pensions avant de se fixer au Glengowrie Court, dont elle goûtait l'atmosphère familiale. Aux Indes, elle avait surtout vécu à Calcutta où elle avait œuvré dans les missions tout en donnant des cours de diction.

— Un anglais d'une absolue pureté et à la prononciation parfaite… c'est tellement important, inspecteur ! Voyez-vous, minauda Mlle Sainsbury Seale en se rengorgeant, jeune fille, j'ai fait un peu de théâtre. Oh, rien que des rôles mineurs, vous savez. En province. Mais je nourrissais de grandes ambitions ! Le répertoire ! Et puis je suis partie en tournée mondiale – Shakespeare, Bernard Shaw…

Elle soupira.

— Mais le problème avec nous, pauvres femmes, voyez-vous, c'est le cœur. Nous sommes à la merci de ses élans. Un coup de foudre… un mariage irréfléchi… Hélas ! la rupture fut quasi immédiate. Je… on avait odieusement abusé de ma candeur. J'ai repris mon nom de jeune fille. Un ami m'a assuré un petit capital, et j'ai pu ouvrir mon cours de diction. J'ai aidé à la création d'une très bonne compagnie de théâtre amateur. Il faut que je vous montre quelques-unes des critiques que nous avons eues.

De cela, Japp ne connaissait que trop bien les dangers ! Flanqué de Poirot, il amorça une prudente retraite, poursuivi par les derniers mots que lança Mlle Sainsbury Seale :

— … Et si, par le plus grand des hasards, mon nom devait être cité dans les journaux – en tant que témoin, je veux dire – pourriez-vous vérifier qu'il soit correctement orthographié ? Mabelle Sainsbury Seale – Mabelle écrit M.A.B.E.L.L.E, et Seale S.E.A.L.E. Et, bien sûr, s'ils souhaitaient mentionner que j'ai joué *Comme il vous plaira* à l'Oxford Repertory Theatre…

— Bien sûr, bien sûr.

Et l'inspecteur principal prit la fuite.

Une fois dans le taxi, il poussa un grand soupir en s'épongeant le front.

— Ce qu'il y a de sûr, c'est qu'après tout ça, on ne devrait pas avoir trop de mal à enquêter sur son compte le cas échéant. À moins qu'elle ne nous ait débité que des mensonges – mais ça, je n'y crois pas trop.

Poirot l'approuva.

— Les affabulateurs ne sont jamais ni aussi précis ni aussi incohérents.

— J'ai redouté un instant que – comme la plupart des vieilles filles – elle ne cale à l'idée de témoigner, poursuivit Japp. Mais son passé de comédienne explique son empressement. Que ne ferait-on pas pour retrouver les feux de la rampe !

— Vous désirez vraiment qu'elle témoigne ? s'étonna Poirot.

— Après tout, peut-être que non. Ça dépendra.

Il se tut, puis reprit :

— J'en suis de plus en plus convaincu, Poirot. Ce n'était pas un suicide.

— Mais alors… et le mobile ?

— Noir total, pour le moment. Mais si, par exemple, Morley avait autrefois séduit la fille d'Amberiotis ?

Poirot resta muet. Il avait beau essayer d'imaginer le digne Morley en train de séduire une vierge grecque aux yeux de velours, le tableau ne prenait pas corps.

Il rappela au policier ce que Reilly leur avait confié : son associé ignorait tout des joies de l'existence.

— Et alors? Qui sait ce qui peut se passer au cours d'une croisière? répliqua Japp sans grande conviction avant d'ajouter, rasséréné : mais nous en saurons plus quand nous aurons parlé à ce type.

Ils réglèrent la course et pénétrèrent dans le hall du Savoy.

Japp demanda M. Amberiotis.

Le réceptionniste les regarda d'un drôle d'air.

— M. Amberiotis? Désolé, monsieur, mais je crains que ce ne soit pas possible.

— Oh, que si, ce sera possible! s'emporta Japp.

Et il montra discrètement son insigne.

— Vous m'avez mal compris, monsieur, insista le réceptionniste. M. Amberiotis est mort il y a une demi-heure.

Hercule Poirot eut l'impression qu'une porte venait de se fermer. Sans bruit, mais pour de bon.

Cinq, six : j'amasse des brindilles

Vingt-quatre heures plus tard, Japp téléphonait à Poirot. Sa voix était amère.

— Fiasco ! Sur toute la ligne !

— Qu'entendez-vous par là, mon ami ?

— Morley s'est bel et bien suicidé. Nous tenons le mobile.

— Et de quoi s'agissait-il ?

— Je viens de recevoir le rapport du médecin légiste sur la mort d'Amberiotis. Je vous passe le jargon officiel. En anglais courant, la mort est due à un surdosage d'adrénaline et de procaïne. Ça a agi sur le cœur, d'après ce que j'ai compris, d'où infarctus. Quand le pauvre diable disait qu'il ne se sentait pas très bien hier après-midi, il ne racontait pas d'histoires. Et voilà ! Adrénaline et procaïne, c'est le mélange que les dentistes vous injectent dans la gencive en anesthésie locale. Morley s'est trompé, il a commis une erreur de dosage dont il s'est rendu compte après le départ d'Amberiotis. Résultat : incapable de faire face, il s'est suicidé.

— Avec un pistolet que personne ne lui connaissait ? objecta Poirot.

— Mais qu'il pouvait posséder quand même. Les proches ne savent pas toujours tout. Vous seriez surpris du nombre de choses qu'ils ignorent parfois !

— Ça, c'est exact, oui.

— Donc voilà ! Nous avons une explication parfaitement logique de toute cette affaire.

— Voyez-vous, mon cher, je n'en suis pas autrement convaincu. Que certaines personnes réagissent mal à ces anesthésies locales, c'est un fait. Les réactions allergiques à l'adrénaline sont bien connues. Associée à la procaïne, elle peut avoir des effets toxiques même à très faible dose. Mais médecins ou dentistes ne poussent d'ordinaire pas la conscience professionnelle jusqu'à se suicider pour autant !

— J'entends bien. Mais vous parlez de cas où le dosage est normal. Là, le praticien n'a rien à se reprocher : la réaction du patient était imprévisible. Mais dans l'affaire qui nous occupe, le surdosage ne fait aucun doute. On n'a pas encore les quantités exactes – ces analyses prennent apparemment une éternité – mais en tout état de cause il s'agit d'une dose nettement supérieure à la normale. Ce qui signifie que Morley a bien commis une faute.

— Une faute de ce type n'est pas forcément un acte criminel.

— Certes non. Mais sur le plan professionnel, c'est le genre de pépin qui ne pardonne pas. En fait, sa carrière en était tout bonnement fichue. On ne va pas confier sa mâchoire à un dentiste capable de vous injecter une dose mortelle de poison, comme ça, tout simplement parce qu'il lui arrive parfois d'être un peu distrait !

— Il faut avouer que ce n'est pas banal, je vous l'accorde.

— Ce sont des choses qui arrivent. Il arrive que des médecins, des pharmaciens, consciencieux et irréprochables pendant des années, commettent un beau jour une bévue dont il leur faudra bien subir les conséquences. Morley était un homme sensible. Quand il s'agit d'un médecin, il y a d'ordinaire un pharmacien ou un infirmier pour partager sa responsabilité – voire parfois pour l'endosser à sa place. Seulement voilà : Morley, lui, était seul en cause.

Poirot ne s'avouait pas vaincu.

— N'aurait-il pas laissé un message quelconque ? Disant ce qu'il avait fait ? Avouant son incapacité à en affronter les conséquences ? Quelque chose dans ce goût-là ? Ou ne serait-ce qu'un mot pour sa sœur ?

— Non, voilà comment je vois la situation : il s'aperçoit tout à coup de son erreur, ses nerfs craquent et il choisit l'issue la plus rapide.

Poirot ne releva pas.

— Je vous connais, mon vieux, insista Japp. Quand vous croyez avoir flairé un meurtre, vous ne voulez plus en démordre ! Mais c'est ma faute, aussi : cette fois, c'est moi qui vous ai mis sur la piste. Eh bien, je me suis trompé, voilà tout.

— Je persiste à penser qu'il pourrait y avoir une autre explication, s'obstina Poirot.

— Il y en a à la pelle, si vous allez par là ! J'y ai réfléchi, mais elles sont toutes tirées par les cheveux. Supposons qu'Amberiotis ait tué Morley. Bon. Il regagne son hôtel et, soudain bourrelé de remords, se suicide avec des produits qu'il avait pris la précaution de subtiliser chez le dentiste. Si vous trouvez que ça tient debout, eh bien, moi, pas du tout.

» Nous avons bien un dossier au Yard sur cet Amberiotis. Un dossier très intéressant. Il a commencé comme gargotier, en Grèce. Puis il s'est mêlé de politique. Il a fait de l'espionnage en Allemagne et en France – ce qui lui a rapporté assez gros. Mais l'argent ne devait quand même pas rentrer suffisamment vite à son goût et nous avons de bonnes raisons de penser qu'il s'est mis au chantage. Pas très fréquentable, notre cher M. Amberiotis. L'année dernière, il se trouvait aux Indes, où on le soupçonne d'avoir saigné à blanc un des princes du cru. Mais on n'a jamais rien pu prouver contre lui. Une vrai anguille ! Tout cela pour en venir à une seconde hypothèse : il faisait chanter Morley pour une raison quelconque. Saisissant l'occasion au vol, notre dentiste lui injecte une surdose d'adrénaline et de procaïne en espérant que l'on conclura à un regrettable accident. Sur quoi, après le départ du Grec, Morley a une crise de remords et se suicide. Rien n'est impossible, bien sûr, mais j'ai beaucoup de mal à imaginer Morley tuant de sang-froid. Non, je m'en tiens vraiment à la première solution : une erreur, commise au cours d'une matinée surchargée. Nous devons nous contenter de ça, Poirot. J'en ai parlé avec le grand patron, la cause est entendue.

— Très bien, dit Poirot dans un soupir. Très bien…

— Je sais ce que vous ressentez, mon vieux, dit gentiment Japp. Mais on ne peut pas tomber sur un bon petit meurtre à tous les coups ! Allez, à bientôt. Et « pardon pour le dérangement », comme dit l'autre.

Et il raccrocha.

*

Hercule Poirot était attablé à son splendide bureau moderne. Il aimait le mobilier moderne. La netteté de ses lignes, sa solidité le séduisaient bien plus que les contours chantournés de l'ancien.

Devant lui était posée une feuille de papier avec des noms soulignés suivis de commentaires et, pour certains, de points d'interrogation.

Venait en tête :

Amberiotis. Espionnage. En Angleterre dans quel but ? Aux Indes l'an dernier – pendant période d'agitation et d'émeutes. Peut-être un agent communiste.

Un espace, puis :

Frank Carter ? Morley n'en pensait que du mal. A perdu son emploi récemment. Pourquoi ?

Plus bas un nom, avec juste un point d'interrogation :

Howard Raikes ?

Enfin une phrase entre guillemets :

« *Oh, mais non, c'est absurde !* » ???

Dodelinant de la tête, Poirot réfléchissait. Devant la fenêtre, un oiseau passa, une brindille dans le bec pour son nid. Tel qu'il était là, avec son crâne ovoïde penché de côté, Hercule Poirot évoquait assez un oiseau.

Un peu plus bas, il nota :

M. Barnes ?

Puis, après un temps :

Cabinet de Morley ? Traces sur le tapis. À creuser.

Il s'attarda un bon moment sur ces derniers mots.

Puis il se leva, sonna pour sa canne et son chapeau, et sortit.

*

Trois quarts d'heure plus tard, Hercule Poirot émergeait du métro à la station d'Ealing Broadway et, cinq minutes après, il était à destination : 88, Castlegarden Road.

Une maisonnette jumelée, précédée d'un double jardinet dont l'apparence soignée enthousiasma Poirot.

— Admirable symétrie ! s'extasia-t-il.

M. Barnes était chez lui et Poirot fut introduit dans une salle à manger aussi minuscule qu'impeccable, où son hôte le rejoignit bientôt.

M. Barnes était un petit homme aux yeux papillotants et au crâne dégarni. Il observa son visiteur par-dessus ses lunettes tout en agitant de la main gauche la carte que Poirot avait remise à la domestique.

— Eh bien ça, par exemple ! Monsieur Poirot ! fit-il d'une voix affectée, proche du falsetto. Vous me voyez fort honoré.

— Vous voudrez bien me pardonner cette visite impromptue, dit Poirot, soucieux de ne pas être en reste de civilités.

— Mais voyons, c'est beaucoup mieux ainsi ! affirma M. Barnes. Et le moment est parfaitement choisi. 18 h 45, c'est l'heure idéale pour trouver les gens chez eux à cette période de l'année.

Asseyez-vous donc, monsieur Poirot. Je ne doute pas que nous ayons beaucoup à nous dire. 58, Queen Charlotte Street, je suppose?

— Bonne supposition, acquiesça Poirot. Mais comment se fait-il que vous l'ayez faite?

— Très cher monsieur, j'ai certes quitté le Home Office depuis un petit moment, mais je ne suis pas encore irrémédiablement rouillé. Chaque fois que la notion de secret est primordiale, mieux vaut éviter de passer par la police. Elle est un peu trop voyante.

— Puis-je vous poser encore une question? s'enquit Poirot. D'où vous vient que la notion de secret soit ici primordiale?

— Ce n'est pas le cas? s'étonna M. Barnes. Ce le devrait pourtant bien, à mon humble avis!

Il se pencha en avant et tapota de ses lunettes l'accoudoir de son fauteuil.

— Dans le travail de renseignement, ce n'est jamais le menu fretin que l'on cherche – ce sont les gros poissons. Mais pour les attraper, il faut prendre bien garde à ne pas effrayer le menu fretin!

— Il me semble, monsieur Barnes, que vous en savez plus long que moi.

— Je ne sais rien du tout, répliqua l'autre. Je ne fais qu'additionner deux et deux, c'est tout.

— L'un de ces deux étant?

— Amberiotis, répondit Barnes sans hésiter. Vous oubliez que je me suis trouvé quelques minutes en face de lui dans la salle d'attente. Lui ne m'a pas reconnu. Je n'ai jamais été le genre d'individu que l'on remarque, ce qui est souvent une bonne chose. Mais moi, je l'ai reconnu tout de suite. Et je n'ai pas eu de mal à deviner ce qu'il venait faire dans les parages.

— À savoir ?

Les paupières de M. Barnes clignèrent un peu plus vite.

— Nous sommes assommants, dans ce pays. Conservateurs, voyez-vous, conservateurs jusqu'à la moelle. Nous geignons, nous protestons, mais nous ne sommes pas prêts de céder au virus du changement et d'abandonner notre démocratie pour quelque chimère radicale. Et voilà bien ce qui brise le cœur de ces pauvres agitateurs étrangers qui suent sang et eau ! Leur plus grave problème, c'est que nous sommes une nation relativement solvable. Peu de pays d'Europe peuvent actuellement en dire autant. Ce qui revient à dire que pour parvenir à déstabiliser réellement l'Angleterre, il faudrait mettre une pagaille noire dans ses finances. Ni plus ni moins. Et ça, c'est impossible tant que ce sont des hommes comme Alistair Blunt qui tiennent la barre.

Après un petit silence, il reprit :

— Blunt, c'est le genre d'homme qui paie ses factures et vit selon ses moyens – qu'il gagne trois roupies ou plusieurs millions par an ne change rien à l'affaire. Question de nature. Et il ne voit pas pourquoi les mêmes principes ne s'appliqueraient pas au budget national. Pas d'investissements hasardeux. Pas de dépenses somptuaires pour de vagues utopies. C'est pourquoi… eh bien c'est pourquoi il se trouve des gens décidés à ce que M. Blunt déguerpisse.

— Tiens donc, dit Poirot.

— Oui, et je sais de quoi je parle. Il en est de très honorables – cheveux longs, regard grave, qui rêvent d'un monde meilleur. D'autres, beaucoup moins sympathiques, et même carrément déplaisants. Des petites canailles furtives, barbues avec un accent étranger. Et puis il y a les grosses brutes. Mais tous n'ont que ce refrain-là à la bouche : *Blunt doit déguerpir !*

Il se pencha en avant.

— Balayer l'ordre ancien ! Les *tories*, les conservateurs, les réactionnaires, les financiers rassis et rétrogrades ! C'est ça, l'idée. Peut-être ces gens ont-ils raison – ce n'est pas à moi d'en décider. Mais ce dont je suis sûr, c'est que cet ordre ancien, il faut avoir quelque chose à mettre à la place… quelque chose qui fonctionne – pas simplement de belles idées fumeuses. Mais laissons cela. Nous parlons de faits concrets, pas de théories abstraites. Enlevez les étais, et c'est tout l'édifice qui s'écroule. Blunt est l'un de ceux qui font tenir les choses telles qu'elles sont.

Il se pencha encore plus près.

— Ils veulent la peau de Blunt. Ça, j'en ai la certitude. Et je suis persuadé que, hier, ils ont bien failli l'avoir. Je peux me tromper – mais leur méthode, je la reconnais. Ce n'est pas la première fois qu'ils l'ont utilisée.

Il marqua un temps puis, posément, sans émotion apparente, cita trois personnes : un chancelier de l'Échiquier d'une compétence hors du commun, un industriel progressiste et novateur, et un jeune politicien prometteur, qui s'était acquis la faveur de l'opinion. Le premier était mort sur la table d'opération ;

le deuxième avait succombé à un mal obscur, trop tard identifié ; le troisième avait été renversé par une voiture et tué sur le coup.

— Simple comme bonjour, expliqua M. Barnes. L'anesthésiste a raté son anesthésie – ce sont des choses qui arrivent. Dans le deuxième cas, les symptômes étaient déroutants, le médecin n'était qu'un généraliste plein de bonne volonté – comment les aurait-il diagnostiqués ? Dans le troisième cas, nous avons une mère angoissée qui fonce en voiture pour rejoindre son enfant malade. Une histoire à vous tirer les larmes – le jury l'a acquittée.

Il se tut un instant.

— Des accidents banals. Bien vite oubliés. Mais laissez-moi vous dire ce que font ces trois personnes aujourd'hui. L'anesthésiste est à la tête de son propre laboratoire de recherche, ultramoderne et équipé à grands frais. Le généraliste s'est retiré. Il possède un yacht et une gentille petite propriété dans le Norfolk, tout près des lacs. La mère de famille offre à ses enfants la meilleure éducation qui soit, des poneys pour occuper leurs vacances, une belle maison à la campagne, avec un grand jardin et de somptueuses écuries.

Il hocha lentement la tête.

— Dans chaque profession, dans chaque situation, il se trouvera toujours quelqu'un pour céder à la tentation. Le problème, dans notre affaire, c'est qu'avec Morley ils s'étaient trompés d'adresse !

— Vous croyez que cela s'est passé ainsi ?

— Oui. Les personnages comme Alistair Blunt ne sont pas faciles à approcher, vous savez. Ce sont des gens relativement protégés. L'accident de voiture, c'est assez risqué et ça ne marche pas à tous les coups. Mais dans le fauteuil du dentiste tout le monde est sans défense.

Il ôta ses lunettes, en essuya les verres et les remit.

— C'est en tout cas ma théorie. Morley a refusé de marcher dans la combine. Mais comme il en savait trop, ils ont été obligés de l'éliminer.

— Ils ?

— Par ils, j'entends l'organisation qui est derrière tout ça. Mais, bien sûr, une seule personne a agi.

— Quelle personne ?

— Voyez-vous, j'ai ma petite idée. Mais ce n'est qu'une idée, je peux me tromper.

— Reilly ? proposa Poirot sans se départir de son calme.

— Évidemment ! Tout le désigne. Je ne pense pas qu'ils aient jamais songé à demander à Morley de faire le travail lui-même. Il devait tout au plus se contenter de confier Blunt à son associé au dernier moment – en prétextant un malaise ou quelque chose de ce genre. Reilly aurait honoré le contrat à sa place. Et tout ça n'aurait donné qu'un regrettable accident de plus – la mort d'un banquier célèbre, un jeune dentiste effondré au tribunal, tellement désespéré qu'on ne l'aurait pas accablé. Après quoi, il aurait laissé tomber la chirurgie dentaire pour s'installer quelque part, avec un gentil petit revenu de quelques milliers de livres par an…

M. Barnes croisa le regard de Poirot.

— Ne croyez pas que j'affabule, se défendit-il. Ça arrive, ce genre de choses.

— Oui, oui, je le sais très bien.

Tapotant la couverture criarde d'un livre posé à portée de sa main, M. Barnes poursuivit :

— Ces romans d'espionnage, j'en lis des quantités. On tombe parfois sur des histoires invraisemblables. Mais, assez bizarrement, elles ne sont pas plus invraisemblables que ce qui se passe dans la réalité. Ça existe, les belles aventurières et les individus sinistres à l'accent étranger ! Ça existe, les associations de malfaiteurs, les gangs internationaux et les super-escrocs ! Je connais des tas d'histoires vraies que je rougirais de voir imprimées – personne n'y croirait une seconde !

— Dans votre façon d'envisager les choses, que faites-vous d'Amberiotis ?

— Je n'en sais trop rien. Je présume qu'il était là pour porter le chapeau. Il a joué double jeu plus souvent qu'à son tour et je suppose qu'il s'est retrouvé piégé. Encore une fois, ce n'est là qu'une idée.

Poirot demanda alors avec calme :

— En admettant que votre théorie soit la bonne, que va-t-il se passer maintenant ?

M. Barnes se frotta le nez.

— Ils vont de nouveau tenter de l'avoir. Oh oui. Ils vont remettre ça. Le temps presse. Blunt jouit d'une protection policière, j'imagine. Il va falloir qu'ils redoublent d'ingéniosité. Il ne s'agira pas d'un type caché dans un buisson avec un pistolet. Rien d'aussi grossier. Dites-leur de se méfier a priori des gens insoupçonnables – famille et amis, vieux domestiques fidèles, pharmacien de confiance qui lui prépare ses remèdes, caviste qui depuis des années lui fournit son porto… Supprimer Alistair Blunt, cela peut rapporter des millions, et c'est inimaginable ce que les gens n'iraient pas faire pour – mettons – un revenu de quatre mille livres par an !

— Tant que ça ?

— Peut-être encore davantage…

Poirot resta silencieux un moment. Puis il confia :

— J'ai soupçonné Reilly dès le début.

— Irlandais ? I.R.A. ?

— Pas tellement ça, non. Mais il y avait une marque sur le tapis, comme si le corps avait été traîné. Si Morley avait été tué par un patient, ça se serait passé dans le cabinet, et il n'y aurait pas eu de raison de bouger le corps. C'est pour cela que j'ai tout de suite pensé qu'il avait été tué non pas dans le cabinet, mais dans son bureau – la porte suivante. Ce qui reviendrait à dire que ce n'était pas un patient, mais quelqu'un de la maison.

— Bien vu, dit M. Barnes avec respect.

Hercule Poirot se leva et lui tendit la main.

— Merci. Votre aide m'a été précieuse.

*

Sur le chemin du retour, Poirot s'arrêta au Glengowrie Court Hotel.

Résultat de cette visite, il décrocha son téléphone le lendemain matin à la première heure pour appeler Japp.

— Bonjour, cher ami ! L'enquête est bien pour aujourd'hui, n'est-ce pas ?

— Oui. Vous comptez y assister ?

— Je ne crois pas.

— Vous avez raison, ce ne sera probablement pas d'un grand intérêt.

— Faites-vous déposer Mlle Sainsbury Seale ?

— La divine Mabelle ? Pourquoi ne peut-elle pas s'appeler Mabel comme tout le monde ? Ce genre de femmes me tape sur le système ! Non, je ne la fais pas venir. Ça ne servirait à rien.

— Vous avez eu de ses nouvelles ?

— Non. Pourquoi ?

— Je me posais la question, c'est tout. Peut-être vous intéressera-t-il d'apprendre que Mlle Sainsbury Seale est sortie du Glengowrie Court juste avant le dîner, avant-hier soir, et qu'on ne l'y a toujours pas revue depuis.

— Quoi ? Elle s'est enfuie ?

— C'est une explication.

— Mais pourquoi aurait-elle fait ça ? Il n'y a rien contre elle. Elle est blanche comme neige, irréprochable. J'ai câblé à Calcutta à son sujet – je ne connaissais pas encore la raison de la mort d'Amberiotis, sinon je n'aurais pas pris cette peine. La réponse est arrivée cette nuit. Tout est O.K. On la connaît là-bas depuis des années, et tout ce qu'elle a raconté est vrai – juste un peu flou en ce qui concerne son mariage. Elle a convolé avec un étudiant hindou et découvert par la suite qu'il avait déjà plus d'un fil à la patte. Sur quoi elle a repris son nom de jeune fille avant de s'adonner aux bonnes œuvres. Elle est comme cul et chemise avec les missionnaires – elle enseigne l'élocution et donne un coup de main pour les spectacles de théâtre amateur. En somme, une bonne femme à fuir comme la peste, mais qu'on ne peut pas soupçonner d'être mêlée à un meurtre ! Et maintenant vous venez me dire qu'elle nous a faussé compagnie... Je n'y comprends rien.

Il réfléchit deux secondes et ajouta sans conviction :

— Peut-être qu'elle en a eu assez de cet hôtel. À sa place, je n'aurais pas tenu non plus.

— Ses bagages sont là, dit Poirot. Elle n'a rien pris.

Japp s'autorisa un juron.

— À quelle heure est-elle partie ?

— Vers 18 h 45.

— Et les gens de l'hôtel ?

— Ils sont dans tous leurs états. La directrice a l'air aux cent coups.

— Pourquoi n'ont-ils pas alerté la police ?

— Parce que, mon cher, si une dame découche – aussi improbable que cela nous paraisse pour la dame en question –, elle aura quelque raison d'être contrariée en découvrant à son retour qu'on a prévenu la police. Mme Harrison, la directrice, a téléphoné aux hôpitaux, au cas où il y aurait eu un accident. Elle envisageait d'appeler la police quand je suis passé. Elle m'a accueilli comme le messie. Je lui ai dit que je me chargeais de tout et que je m'adjoindrais le concours d'un officier de police fort discret.

— Lequel officier est votre dévoué serviteur, je suppose ?

— Vous supposez juste.

— Très bien, grogna l'inspecteur. Je vous retrouve au Glengowrie Court après l'enquête.

*

— Mais pourquoi diable a-t-elle pu vouloir disparaître ? grommela Japp tandis qu'ils attendaient la directrice.

— C'est curieux, vous êtes bien d'accord ?

Ils n'eurent pas le temps d'en dire plus.

Mme Harrison, propriétaire du Glengowrie Court, était devant eux.

Mme Harrison était volubile et au bord des larmes. Elle était tellement inquiète pour Mlle Sainsbury Seale ! Qu'avait-il bien pu lui arriver ? Haletante, elle énuméra toutes les catastrophes possibles et imaginables : amnésie, malaise soudain, hémorragie, passage sous un autobus, vol à main armée.

S'arrêtant pour respirer, elle murmura :

— Une femme si comme il faut... Et qui paraissait tellement se plaire ici...

À la demande de Japp, elle les conduisit à la chaste chambre de la dame envolée. Elle était nette et bien rangée. Les vêtements pendaient à leur cintre dans l'armoire, la chemise de nuit était soigneusement pliée sur le lit et les deux modestes valises de Mlle Sainsbury Seale posées dans un coin. Une rangée de chaussures était alignée sous la coiffeuse : une paire de solides Oxford, deux paires de Richelieu ornés de nœuds de cuir d'assez vilain effet, des escarpins du soir en satin noir, pratiquement neufs, et des mocassins. Poirot nota que les escarpins de satin avaient une pointure de moins que les autres – coquetterie ou cors aux pieds ? Il se demanda si Mlle Sainsbury Seale avait pris le temps de recoudre la boucle de sa chaussure avant de sortir. Il l'espérait, la négligence vestimentaire le chagrinant toujours.

Japp examinait des lettres trouvées dans le tiroir de la coiffeuse. Poirot ouvrit avec précaution l'un de ceux de la commode. Il était plein de sous-vêtements. Il le repoussa pudiquement en se faisant la réflexion que Mlle Sainsbury Seale devait être adepte de la laine à même la peau et en ouvrit un autre qui contenait des bas.

— Vous avez quelque chose, Poirot ? s'enquit Japp.

La mine triste, Poirot en agita une paire.

— Taille 3, soie brillante, mauvaise qualité – environ deux shillings onze.

— Vous n'êtes pas en train d'évaluer la succession, mon vieux. J'ai ici deux lettres envoyées des Indes, et quelques reçus d'organisations de charité. Pas de factures. Très respectable personne, notre Sainsbury Seale.

— Mais aucun goût pour s'habiller, dit Poirot avec regret.

— Elle trouvait sans doute ça futile, fit Japp sans relever la tête, occupé à recopier l'adresse d'une lettre postée deux mois auparavant. Ces gens savent peut-être quelque chose sur son compte, reprit-il. Ils habitent du côté de Hampstead. D'après le ton de la lettre, ils paraissent des plus intimes.

Il n'y avait rien de plus à glaner au Glengowrie Court, hormis le fait, négatif, que Mlle Sainsbury Seale ne semblait pas le moins du monde nerveuse ou soucieuse en partant. Il apparaissait d'ailleurs qu'elle avait bel et bien l'intention de rentrer puisqu'elle avait lancé en apercevant son amie, Mme Bolitho, dans le hall : « Après le dîner, je vous montrerai la réussite dont je vous ai parlé. »

C'était en outre l'habitude, au Glengowrie Court, de prévenir quand on prenait un repas à l'extérieur. Mlle Sainsbury Seale ne l'avait pas fait. Il paraissait donc clair qu'elle pensait être de retour pour le dîner, qui était servi de 19 h 30 à 20 h 30.

Mais elle n'était pas revenue. Elle avait descendu Cromwell Road et s'était volatilisée.

Japp et Poirot se rendirent dans West Hampstead, à l'adresse relevée sur la lettre.

C'était une charmante maison, et les Adams, des gens charmants dotés d'une nombreuse progéniture. Ils avaient vécu pas mal d'années aux Indes et parlèrent de Mlle Sainsbury Seale avec chaleur. Ils ne furent hélas d'aucune aide.

Ils ne l'avaient pas vue ces derniers temps, pas depuis un mois – pas, en fait, depuis qu'ils étaient rentrés des vacances de Pâques. Elle logeait alors dans un hôtel proche de Russell Square. Mme Adams donna l'adresse à Poirot, ainsi que celle d'autres amis anglo-indiens qui habitaient Streatham.

Mais les deux hommes firent chou blanc aux deux endroits. Mlle Sainsbury Seale avait bien séjourné à l'hôtel en question, mais y avait laissé peu de souvenirs – rien de notable en tout cas. C'était une gentille personne sans histoires qui avait vécu à l'étranger. Les gens de Streatham ne purent rien leur apprendre non plus. Ils n'avaient pas vu Mlle Sainsbury Seale depuis février.

Restait la possibilité d'un accident, mais elle fut rapidement éliminée. Aucun hôpital n'avait admis de blessée correspondant à son signalement.

Mlle Sainsbury Seale s'était évanouie dans la nature.

*

Le matin suivant, Poirot se rendit au Holborn Palace Hotel et demanda M. Howard Raikes.

À ce moment-là, il n'aurait pas été autrement surpris d'apprendre que M. Howard Raikes était lui aussi sorti un soir pour ne pas reparaître.

Mais M. Howard Raikes était bien au Holborn Palace – en train de prendre son petit-déjeuner, lui fut-il précisé.

L'apparition d'Hercule Poirot devant sa table parut n'inspirer à M. Raikes qu'un plaisir mitigé. Moins meurtrière sans doute que dans les souvenirs décousus de Poirot, son expression restait redoutable. Il fusilla l'intrus du regard.

— Qu'est-ce que c'est ? lâcha-t-il d'un ton rogue.

Poirot prit une chaise à la table voisine.

— Vous permettez ?

— Ne vous occupez pas de moi, surtout ! Faites comme chez vous ! gronda Raikes.

Poirot, tout sourire, usa de la permission.

— Bon sang, qu'est-ce que vous voulez ? fit l'autre.

— Vous vous souvenez de moi, monsieur Raikes ?

— Je ne vous ai jamais vu de ma vie.

— Là, vous vous trompez. Nous nous sommes trouvés dans la même pièce pendant cinq minutes au moins, pas plus tard qu'il y a trois jours.

— Je ne peux pas me souvenir de tous les gens que je croise dans ces fichues soirées.

— Ce n'était pas une soirée, c'était la salle d'attente d'un dentiste.

Une émotion fugace passa dans le regard du jeune homme et mourut aussitôt. Son attitude changea. D'impatiente et désinvolte, elle devint soudainement méfiante.

— Et alors ? fit-il en fixant Poirot.

Poirot l'étudia soigneusement avant de répondre. Que ce garçon soit dangereux, cela ne faisait aucun doute. Un visage maigre, âpre, une mâchoire agressive, le regard d'un fanatique – un visage, pourtant, qui devait plaire aux femmes. Il était négligemment, presque pauvrement vêtu. Et il mangeait avec une indifférence vorace, très révélatrice aux yeux de l'homme qui l'observait.

Une formule vint à l'esprit de Poirot : « Un loup avec des idées plein la tête… »

— Qu'est-ce qui vous a pris de venir ici ? grinça Raikes.

— Ma visite vous déplaît ?

— Je ne sais même pas qui vous êtes !

— Excusez-moi.

Avec dextérité, Poirot fit surgir son porte-cartes. Il en tira une qu'il tendit à travers la table.

De nouveau, cette émotion indéfinissable passa sur le visage maigre de M. Raikes. Ce n'était pas de la peur, c'était quelque chose de beaucoup plus agressif. Quelque chose qui fut remplacé, sans ambiguïté, par de la colère.

Il envoya promener la carte.

— Alors, voilà ce que vous êtes, hein? J'ai déjà entendu parler de vous.

— C'est le cas de la plupart des gens, dit Poirot, modeste.

— Vous êtes un privé, pas vrai? Le genre coûteux. Le genre auquel on fait appel quand l'argent n'est pas un problème – quand on est prêt à payer n'importe quoi pour sauver sa misérable peau!

— Si vous ne buvez pas votre café, fit remarquer Poirot, il va refroidir.

Il avait parlé gentiment mais d'un ton ferme.

Howard Raikes le dévisagea.

— Dites donc, quel genre d'animal êtes-vous?

— Le café est déjà infect, dans ce pays…, poursuivait cependant Poirot.

— Ça, c'est le mot! s'exclama M. Raikes.

— … mais si on le laisse refroidir, il devient carrément imbuvable.

Le, jeune homme se pencha en avant.

— A quoi jouez-vous? Où voulez-vous en venir?

Poirot eut un haussement d'épaules.

— Je voulais… vous voir.

— Ah oui? dit Raikes, sceptique. (Ses yeux n'étaient plus qu'une fente.) Si c'est de l'argent que vous voulez, vous vous trompez d'adresse! Les gens avec qui je suis n'ont pas les moyens de s'acheter ce qu'ils veulent. Vous feriez mieux de retourner chez celui qui vous paie.

Poirot soupira.

— Personne ne me paie… Du moins pour l'instant.

— Vous croyez me faire avaler ça ?

— Je vous assure. Je dilapide un temps précieux sans la moindre espèce de compensation financière. Dans le seul but de… – comment dire ? – de satisfaire ma curiosité.

— Et, l'autre jour, c'était aussi votre curiosité que vous satisfaisiez chez ce fichu dentiste ?

— Non. Vous l'ignorez sans doute, mais il est une raison très banale de se trouver dans une salle d'attente de dentiste – et c'est d'attendre qu'on vous soigne les dents !

— Alors, vous étiez là pour ça, hein ? (La voix de M. Raikes exprimait une incrédulité méprisante.) Vous attendiez qu'on s'occupe de vos dents ?

— Évidemment.

— Vous m'excuserez si je ne vous crois pas.

— Puis-je en ce cas vous demander ce que vous, vous faisiez là ?

Raikes eut un sourire soudain.

— Cette bonne blague ! J'attendais qu'on s'occupe de mes dents.

— Vous aviez une effroyable rage de dents, peut-être ?

— C'est ça, gros malin !

— Vous êtes pourtant reparti sans vous faire soigner…

— Et alors ? C'est moi que ça regarde !

Il se tut un instant, puis s'écria brutalement :

— Oh ! et puis au diable toutes ces finasseries ! Vous étiez là pour veiller sur votre grand manitou.

Eh bien, il se porte comme un charme, non ? Rien n'est arrivé à votre précieux M. Blunt ! Vous n'avez rien contre moi !

— Où êtes-vous allé quand vous avez quitté si brusquement la salle d'attente ?

— Je suis parti, évidemment !

— Tiens donc ! dit Poirot en contemplant le plafond. Personne cependant ne vous a vu sortir, monsieur Raikes.

— Ça change quelque chose ?

— Cela pourrait faire toute la différence. Dans cette maison, quelqu'un est mort peu après, vous semblez l'oublier.

— Oh, vous parlez du dentiste ? fit Raikes avec indifférence.

— Oui, rétorqua Poirot d'une voix dure, je parle du dentiste.

Raikes soutint son regard.

— Et vous voulez me coller ça sur le dos ? C'est ça, votre petit jeu ? Alors vous perdez votre temps. Je viens de lire le compte rendu de l'enquête. Ce gars s'est suicidé parce qu'il avait fait une erreur de dosage au cours d'une anesthésie et qu'un de ses clients est mort.

Imperturbable, Poirot n'en poursuivit pas moins :

— Pouvez-vous me prouver que vous avez quitté la maison au moment où vous le prétendez ? Quelqu'un peut-il témoigner de vos faits et gestes entre midi et 13 heures ?

— C'est donc bien ça ! Vous essayez de me faire porter le chapeau ! Je suppose que l'idée vient de Blunt ?

— Excusez-moi, soupira Poirot, mais c'est une manie, cette rengaine sur Alistair Blunt. Je ne travaille pas et n'ai jamais travaillé pour lui. Je ne m'occupe pas de sa sécurité mais de la mort d'un homme qui faisait avec conscience le métier qu'il avait choisi.

— Désolé, grommela Raikes en secouant la tête. Désolé, mais ça ne prend pas. Vous êtes un privé au service de Blunt.

Son visage durci se pencha vers Poirot.

— Mais vous ne le sauverez pas, vous savez ! Il doit disparaître, et avec lui tout ce qu'il représente ! Il faut qu'il y ait une nouvelle donne. Le vieux système véreux – ce conglomérat de banquiers qui tiennent le monde dans leur toile d'araignée – doit céder la place. Il doit être balayé ! Personnellement, je n'ai rien contre Blunt, mais il est l'incarnation de tout ce que je hais. Il est médiocre, c'est une baudruche satisfaite. Il n'y a que la dynamite pour faire bouger un type comme lui. Tout ce qu'il sait dire c'est : « On n'a pas le droit de saper les fondements du monde civilisé. » On n'a pas le droit ? Eh bien, c'est ce qu'il va voir. Il représente un obstacle sur la voie du Progrès et il doit être balayé. Il n'y a pas de place, dans le monde d'aujourd'hui, pour des hommes comme Blunt, des hommes qui s'accrochent au passé, qui veulent continuer à vivre comme vivaient leurs pères – voire leurs grands-pères ! Ce n'est pas ce qui manque, ici, en Angleterre, les fossiles réactionnaires, les symboles inutiles d'une époque moribonde. Et, par Dieu, il faudra bien qu'ils débarrassent le plancher ! Un monde nouveau doit naître. Vous comprenez ? Un monde nouveau !

Poirot soupira et se leva.

— Je vois, monsieur Raikes, que vous êtes un idéaliste.

— C'est interdit ?

— Trop idéaliste pour vous soucier de la mort d'un dentiste.

Howard Raikes prit un air dédaigneux.

— Quelle importance peut donc avoir la mort d'un misérable dentiste ?

— Pour vous, aucune, dit Poirot. Pour moi, beaucoup. C'est toute la différence entre nous.

*

De retour chez lui, Poirot fut informé par George qu'une dame l'attendait.

— Elle semble – euh… hum ! – quelque peu nerveuse, monsieur, dit George.

La dame n'ayant pas donné son nom, Poirot se plut à le deviner. Et tomba à côté, car la jeune femme qui se leva précipitamment du canapé à son arrivée était Mlle Gladys Nevill, l'ex-secrétaire de feu M. Morley.

— Oh, mon Dieu, monsieur Poirot, je suis tellement confuse de vous déranger… Vraiment, je ne sais pas comment j'ai osé venir… Je crains que ce ne soit très cavalier de ma part… Je ne voudrais surtout pas vous faire perdre votre temps… Je sais trop bien ce que cela signifie pour un homme occupé – mais je ne sais vraiment pas quoi penser… Enfin vous allez sûrement trouver que c'est du temps perdu…

Mettant à profit une longue expérience de l'âme anglaise, Poirot suggéra une tasse de thé. La réaction de Mlle Nevill ne déçut pas son attente.

— Vraiment, monsieur Poirot, c'est très aimable à vous. Non que le petit-déjeuner soit loin, mais on ne résiste pas à une tasse de thé, n'est-ce pas ?

Poirot qui, pour sa part, y résistait fort bien, acquiesça avec conviction. George reçut les instructions idoines, et, en un temps record, Poirot et sa visiteuse se retrouvèrent en face d'une théière.

— Je dois vous présenter mes excuses, dit Mlle Nevill qui reprenait contenance sous l'influence du breuvage. C'est l'enquête, hier, qui m'a bouleversée.

— Je m'en doute, dit gentiment Poirot.

— Il n'était pas question que je témoigne ni quoi que ce soit de ce genre. Mais j'ai estimé que quelqu'un devait accompagner Mlle Morley. M. Reilly était là, bien sûr… mais, je veux dire, une femme. D'ailleurs, Mlle Morley n'aime pas M. Reilly. Je me suis donc dit que c'était mon devoir.

— C'était très gentil de votre part, hasarda Poirot, encourageant.

— Oh non, j'avais simplement le sentiment que je devais agir ainsi. Vous comprenez, je travaillais avec M. Morley depuis pas mal d'années… ce qui fait que toute cette histoire m'a causé un choc. Et, bien entendu, l'enquête n'a rien arrangé.

— J'imagine, en effet.

Mlle Nevill se pencha en avant, le regard grave.

— Mais tout ça ne tient pas debout, monsieur Poirot. Tout ça ne tient absolument pas debout.

— Qu'est-ce qui ne tient pas debout, mademoiselle ?

— Eh bien, ça n'aurait jamais pu se produire – pas comme ils l'ont décrété. Je veux dire : faire une erreur de dosage dans une anesthésie locale.

— Vous estimez que ce n'est pas possible ?

— Je suis sûre que non. Il arrive que des patients réagissent mal, c'est vrai, mais c'est parce que leur état physiologique n'est pas bon, qu'ils ont des problèmes cardiaques. Mais une surdose est une chose rarissime. Vous comprenez, les dentistes sont tellement habitués à cette préparation que cela devient mécanique. Ils donnent la bonne dose, automatiquement.

— C'est aussi ce que je m'étais dit, approuva Poirot.

— C'est une dose standard, vous comprenez. Ce n'est pas comme un pharmacien qui fait tout le temps des préparations différentes et multiplie les risques d'erreur. Ou comme un médecin qui rédige des quantités de prescriptions. Rien à voir avec ça pour un dentiste.

— Vous n'avez pas demandé à faire part de ces observations au coroner ?

Gladys Nevill secoua la tête et se tordit les doigts, hésitante.

— Comprenez-moi, finit-elle par dire. J'avais peur de... peur d'aggraver la situation. Bien sûr, je sais, moi, que M. Morley aurait été incapable d'une chose pareille – mais les gens auraient pu penser qu'il avait agi délibérément.

Poirot hocha la tête.

— C'est pourquoi je suis venue vous voir, monsieur Poirot. Parce qu'avec vous, ce ne serait pas officiel. Mais il fallait que quelqu'un sache à quel point… à quel point tout cela est invraisemblable !

— Personne ne veut le savoir, murmura Poirot.

Elle le regarda, ébahie.

Poirot reprit :

— Ce que j'aimerais, ce sont quelques détails supplémentaires sur le fameux télégramme qui a motivé votre absence ce jour-là.

— Honnêtement, je ne sais qu'en penser, monsieur Poirot. Ça semble tellement bizarre. Parce qu'il a forcément été envoyé par quelqu'un qui savait tout de moi, de ma tante – où elle habite, etc.

— Oui. On serait tenté de penser a priori à un proche, ou à quelqu'un qui habite la maison et qui vous connaît bien.

— Aucun de mes amis ne ferait jamais une chose pareille, monsieur Poirot !

— Il ne vous vient aucune idée ?

Après une longue hésitation, la jeune femme dit lentement :

— Au début, quand j'ai appris que M. Morley s'était suicidé, je me suis demandé si ce n'était pas lui qui aurait pu l'envoyer.

— Vous voulez dire… pour que vous ne soyez pas là ? Pour vous épargner, en quelque sorte ?

Elle acquiesça.

— Mais ça paraissait vraiment tiré par les cheveux, même s'il avait eu cette idée de suicide à l'esprit, ce matin-là. Frank – mon ami, vous savez – a réagi de façon stupide, au début. Il m'a accusée d'avoir voulu passer la journée avec quelqu'un d'autre. Comme si j'avais le genre à ça !

— Il y a quelqu'un d'autre ?

— Non, bien sûr que non. Mais Frank était si bizarre, ces derniers temps – maussade, soupçonneux. En fait, c'était d'avoir perdu son travail et de ne pas arriver à en trouver un autre. Traîner comme ça, ça n'est vraiment pas bon pour un homme. Je me suis fait beaucoup de souci pour lui…

— Quand il a découvert que vous étiez partie pour la journée, il l'a mal pris, n'est-ce pas ?

— Oui. Vous comprenez, il était venu pour me dire qu'il avait un nouveau travail – un travail formidable : dix livres par semaine. Et il ne pouvait pas attendre. Il voulait que je le sache tout de suite. Et je crois qu'il avait envie que M. Morley le sache aussi, parce qu'il avait été très blessé par son opinion, et qu'il le soupçonnait d'essayer de m'éloigner de lui.

— Ce qui était le cas, n'est-ce pas ?

— Eh bien, oui, d'une certaine façon. C'est vrai que Frank a souvent changé de travail et qu'il n'est pas ce qu'on pourrait appeler quelqu'un de très stable. Mais ça va être différent, maintenant. Je crois qu'on peut faire beaucoup, simplement par son influence, vous ne pensez pas, monsieur Poirot ? Si un homme sent qu'une femme croit en lui, il essaie d'être à la hauteur de ce qu'elle attend.

Poirot soupira. Mais ne discuta pas. Il avait entendu des dizaines et des dizaines de femmes tenir ce langage avec la même confiance joyeuse dans le pouvoir rédempteur de leur amour. Oui, une fois sur mille, pensait-il cyniquement, c'était peut-être vrai.

— J'aimerais beaucoup rencontrer votre ami, se contenta-t-il de dire.

— Je serais ravie de vous le présenter, monsieur Poirot. Mais pour le moment, il n'a que le dimanche de libre. En semaine, il est hors de Londres.

— Ah ! pour son nouvel emploi. C'est quoi, ce nouvel emploi, à propos ?

— Je ne sais pas au juste, monsieur Poirot. Un travail de secrétariat, j'imagine. Ou un poste de fonctionnaire. Je sais que je dois lui écrire à son adresse de Londres et qu'on lui fait suivre son courrier.

— C'est un peu curieux, non ?

— C'est ce que j'ai pensé. Mais Frank m'a dit que ça se faisait souvent, maintenant.

Poirot observa un moment la jeune femme en silence.

— Demain, c'est justement dimanche, dit-il enfin. Peut-être accepteriez-vous tous les deux de déjeuner avec moi – à Logan's Corner House, par exemple ? J'aimerais assez parler avec vous deux de cette triste affaire.

— Euh… Avec plaisir, monsieur Poirot. Je… oui, nous serons ravis de déjeuner avec vous.

*

Frank Carter était un garçon blond de taille moyenne, à l'élégance surfaite et à la parole facile. Ses yeux, assez rapprochés, avaient tendance à rouler de côté quand il était embarrassé.

Dès l'abord, il se montra soupçonneux et un rien hostile.

— Je ne savais pas que nous aurions le plaisir de déjeuner aujourd'hui avec vous, monsieur Poirot.

Gladys ne m'en avait rien dit du tout, ajouta-t-il en lançant un regard courroucé à l'intéressée.

— La chose ne s'est décidée qu'hier, répondit Poirot en souriant. Les circonstances de la mort de M. Morley ont bouleversé Mlle Nevill, et je me disais qu'en confrontant nos points de vue…

— La mort de Morley? coupa grossièrement Frank Carter. J'en ai soupé de la mort de Morley. Tu ne pourrais pas l'oublier un peu, Gladys? Il n'avait rien de particulièrement admirable, que je sache!

— Oh, Frank, tu ne peux pas dire ça. Quand même, il m'a laissé cent livres. J'ai reçu la lettre du notaire hier soir.

— D'accord, d'accord, admit Frank de mauvaise grâce. Mais, après tout, c'est normal, non? Il te faisait trimer comme une esclave – et qui empochait les gros honoraires? C'était lui, pardi!

— Bien sûr que c'était lui. Mais il me payait un très bon salaire.

— Tu me permettras de ne pas être d'accord! Tu es trop humble, ma pauvre Gladys, beaucoup trop, tu t'en laisses imposer. Je l'avais jaugé au premier coup d'œil, moi, ton Morley. Tu sais d'ailleurs aussi bien que moi qu'il a tout fait pour que tu me laisses tomber.

— Il ne comprenait pas.

— Il comprenait parfaitement! Il est mort, maintenant – sinon je peux te dire que je serais allé lui dire le fond de ma pensée!

— Ce n'est pas ce que vous étiez venu faire le matin de sa mort? demanda Poirot d'un ton dégagé.

— Qui est-ce qui vous a raconté ça ? gronda Carter avec colère.

— Vous êtes bien venu, non ?

— Et alors ? C'est Mlle Nevill que je voulais voir.

— Mais on vous a répondu qu'elle n'était pas là.

— Oui, et ça m'a rendu plutôt soupçonneux, pour ne rien vous cacher. J'ai dit à ce crétin de rouquin que j'attendrais le temps qu'il faudrait pour voir Morley. Toutes ses manigances pour dresser Gladys contre moi, j'en avais ma claque. J'avais l'intention de lui décréter que c'était fini le pauvre type sans emploi, que j'avais décroché un bon boulot et qu'il était grand temps que Gladys lui donne son préavis et pense à son trousseau.

— Mais vous ne lui avez rien dit de tout ça ?

— Non, j'en ai eu marre d'attendre dans ce mausolée poussiéreux. Je suis parti.

— Quelle heure était-il ?

— Plus la moindre idée.

— À quelle heure étiez-vous arrivé, alors ?

— Un peu après midi, à vue de nez.

— Et combien de temps avez-vous attendu ? Une demi-heure ? Plus ? Moins ?

— Je n'en sais rien, je vous dis. Je ne suis pas du genre à regarder ma montre toutes les trois secondes.

— Y avait-il quelqu'un d'autre dans la salle d'attente, pendant que vous y étiez ?

— Quand je suis arrivé, il y avait un gros type plein de graisse, mais il a été appelé assez vite. Après ça, je suis resté seul.

— Alors vous avez dû partir avant midi et demi, parce qu'à ce moment-là une dame est arrivée.

— Peut-être bien. Je vous l'ai dit : cet endroit me tapait sur le système !

Poirot lui lança un long regard songeur.

Carter n'était pas à l'aise, ses airs bravaches sonnaient faux. Mais c'était peut-être tout simplement à mettre sur le compte de la nervosité.

Ce fut sur un ton amical et d'une voix chaleureuse que Poirot reprit :

— Mlle Nevill m'a confié que vous aviez eu la chance de trouver un très bon emploi…

— La paie est bonne.

— Dix livres par semaine, a-t-elle ajouté…

— C'est ça. Pas vilain, hein ? fit-il d'un air suffisant. Ça montre qu'il suffit que je m'y mette !

— En effet. Et le travail n'est pas trop pénible ?

— Je m'en sors, répondit sobrement Carter.

— Intéressant ?

— Oh oui, très… À propos de boulot, je me suis toujours demandé ce que vous pouviez bien fabriquer, vous, les détectives privés. Je suppose que le petit côté Sherlock Holmes, c'est dépassé, non ? Et que vous devez surtout vous occuper de divorces aujourd'hui ?

— Je ne m'occupe pas de divorces.

— Ah bon ? Alors je ne vois pas comment vous gagnez votre vie.

— Je me débrouille, mon ami, je me débrouille.

— Mais vous êtes au sommet de l'échelle, n'est-ce pas, monsieur Poirot ? crut bon d'intervenir Gladys Nevill. C'est ce qu'aimait à répéter M. Morley. Vous êtes le genre d'homme auquel l'élite fait appel : famille royale, ministres, duchesses…

Poirot lui adressa son plus beau sourire.

— Vous me flattez, se rengorgea-t-il.

*

Perdu dans ses pensées, Poirot rentra à pied par les rues désertes – un classique des dimanches après-midi anglais.

Arrivé chez lui, il appela Japp.

— Pardon de vous déranger, cher ami. J'étais en train de me demander si quelque chose avait été fait à propos du télégramme envoyé à Mlle Nevill ?

— Toujours sur la brèche ? Oui, nous avons vérifié. Il y a bien eu un télégramme, et ce qui est intéressant, c'est que la tante habite Richbourne, dans le Somerset, et que ce télégramme a été envoyé de Richbarn – dans la banlieue de Londres.

— Astucieux, commenta Poirot. Oui, très astucieux. Si jamais la destinataire éprouvait le besoin de vérifier l'origine du câble, ce nom-là ressemblait suffisamment à Richbourne pour qu'elle s'y laisse prendre.

Il prit le temps de la réflexion, puis :

— Savez-vous ce que je pense, Japp ?

— Dites toujours.

— Il y a un cerveau derrière toute cette affaire.

— Hercule Poirot veut qu'il s'agisse d'un meurtre, donc il s'agit d'un meurtre.

— Comment expliquez-vous ce télégramme ?

— Une coïncidence. Quelqu'un voulait lui jouer un tour.

— Mais pourquoi ?

— Oh, bon sang, Poirot ! Pourquoi les gens font-ils des canulars, des mauvaises blagues… Parce qu'ils ont le sens de l'humour dévoyé, c'est tout.

— Et quelqu'un a eu envie d'être drôle précisément le jour où Morley allait commettre une erreur au cours d'une anesthésie locale ?

— Il a pu y avoir une certaine relation de cause à effet. Parce que Mlle Nevill n'était pas là, Morley était plus bousculé que d'habitude, et donc plus susceptible de commettre une erreur.

— Je ne suis toujours pas convaincu.

— Le contraire m'eût étonné… Mais est-ce que vous voyez où votre raisonnement vous mène ? Si quelqu'un a éloigné Gladys Nevill, c'est probablement Morley lui-même. Ce qui fait de la mort d'Amberiotis un meurtre avec préméditation et non plus un accident.

Poirot resta silencieux.

— Vous me suivez ? reprit Japp.

— Amberiotis a peut-être été tué d'une autre façon.

— Non, non, personne n'est venu le voir au Savoy. Il a déjeuné dans sa chambre. Et les médecins sont catégoriques : le poison a été injecté, pas avalé. On n'en a pas retrouvé dans l'estomac. Voilà, mon cher. La situation est claire comme de l'eau de roche.

— C'est ce qu'on veut nous faire croire.

— Quoi qu'il en soit, les autorités sont satisfaites de cette explication.

— Et la disparition de la dame, elles en sont également satisfaites ?

— L'affaire de Ma Belle Envolée ? Non, je peux vous le dire, nous planchons toujours là-dessus. Cette femme est forcément quelque part. On ne se volatilise pas comme ça, en sortant dans la rue !

— C'est pourtant ce qu'elle semble avoir fait.

— Pour le moment, je vous le concède. Mais, morte ou vive, elle doit bien se trouver quelque part. Et je ne crois pas qu'elle soit morte.

— Pourquoi pas ?

— Parce que nous aurions déjà retrouvé le corps.

— Oh, allez, Japp ! Les cadavres sont vraiment toujours découverts aussi rapidement ?

— Vous êtes en train d'insinuer qu'elle a été assassinée et que nous allons la retrouver un de ces quatre matins, découpée en petits morceaux dans une carrière comme Mme Ruxton ?

— Après tout, mon cher, des personnes disparues et qui n'ont jamais été retrouvées, ça existe.

— Très rarement, mon vieux. Des tas de femmes disparaissent, c'est vrai, mais nous remettons d'ordinaire la main dessus. Neuf fois sur dix, c'est une bonne vieille histoire de sexe. Elles sont quelque part dans les bras d'un bonhomme. Mais je ne pense pas que ça puisse être le cas avec notre Mabelle. Et vous ?

— Sait-on jamais, répondit Poirot, prudent. Même si ça ne me paraît pas très vraisemblable, en effet. Donc, vous êtes sûr de la retrouver ?

— Sûr et certain. Nous avons transmis son signalement à la presse et rameuté la BBC.

— Ça, évidemment, ça pourrait donner quelque chose, en effet.

— Ne vous mettez pas martel en tête, mon vieux. On va vous la retrouver, votre belle évaporée aux dessous de laine et tout et tout !

Sur ces belles paroles, il raccrocha.

Après un coup discret à la porte, George entra de sa démarche silencieuse et vint déposer sur la table basse une chocolatière fumante et une assiette de biscuits.

— Monsieur désire autre chose ? s'enquit-il.

— Je suis très perplexe, George…

— Vraiment, monsieur ? Vous m'en voyez désolé.

Hercule Poirot se versa un peu de chocolat et remua sa tasse d'une cuillère distraite.

George attendait avec déférence. Il avait reconnu les signes. Il prenait parfois à Hercule Poirot de discuter de ses affaires avec son valet. Il avait coutume de dire que les commentaires de George étaient singulièrement éclairants.

— Vous êtes bien sûr au courant de la mort de mon dentiste, George ?

— M. Morley, monsieur ? Oui, monsieur. Navrant, monsieur. Il s'est suicidé, ai-je cru comprendre ?

— C'est ce qu'on prétend, oui. S'il ne s'est pas suicidé, c'est qu'on l'a assassiné.

— Certes, monsieur.

— Or, s'il a été assassiné, la question est : qui l'a assassiné ?

— Absolument, monsieur.

— Il n'y a qu'un petit nombre de personnes, George, qui soient susceptibles d'avoir fait le coup : celles qui se trouvaient ou auraient pu se trouver dans la maison au même moment.

— Tout à fait, monsieur.

— Ces personnes sont : une cuisinière et une petite bonne – domestiques affables et très peu vraisemblables en meurtrières. Une sœur dévouée, également fort peu vraisemblable, mais qui néanmoins hérite de son frère – et on ne peut jamais complètement écarter l'aspect financier. Un associé habile et compétent. Aucun mobile connu. Un jeune groom passablement demeuré, grand adepte de romans policiers de quatre sous. Et enfin, un gentleman grec aux antécédents plutôt douteux.

George toussota.

— Ces étrangers, monsieur…

— Je suis bien d'accord, George. Le gentleman grec est décidément tout indiqué. Mais, voyez-vous, le gentleman grec est mort lui aussi, et c'est, selon toute vraisemblance, M. Morley qui l'a tué – intentionnellement ou à la suite d'une regrettable erreur, nous n'en savons rien.

— Ils pourraient s'être tués mutuellement, monsieur. Je veux dire, chaque gentleman aurait formé le projet d'avoir la peau de l'autre – si je puis me permettre – mais bien sûr chacun ignorait les intentions de l'autre gentleman à son égard.

Poirot ronronnait d'un air approbateur.

— Très astucieux, George ! Le dentiste assassine le malheureux individu qui se trouve dans le fauteuil sans se rendre compte que ladite victime est précisément en train de se demander à quel moment elle va sortir son pistolet. Cela se pourrait, bien sûr, mais me paraît hautement improbable, George. Et puis nous n'avons pas encore terminé notre liste. Il reste deux personnes qui auraient pu se trouver dans la maison au moment voulu. Tous les patients, avant M. Amberiotis, ont été vus sortant de la maison, excepté l'un d'eux – un jeune gentleman américain. Il a quitté la salle d'attente vers midi moins vingt, mais personne ne l'a vu sortir de la maison. Force nous est donc de le garder parmi les suspects possibles. L'autre possibilité est un certain Frank Carter, qui ne compte pas au nombre des clients mais qui est entré au 58 peu après midi dans l'intention de parler à M. Morley. Personne ne l'a vu repartir non plus. Tels sont, mon bon George, les faits : qu'en pensez-vous ?

— À quelle heure le meurtre a-t-il été commis, monsieur ?

— Si le coupable est M. Amberiotis, il a été commis n'importe quand entre midi cinq et midi vingt-cinq. Après midi vingt-cinq s'il s'agit de quelqu'un d'autre, sinon M. Amberiotis aurait remarqué le cadavre.

Il adressa un sourire encourageant à son domestique :

— Alors, mon bon George, que dites-vous de tout cela ?

George réfléchit un moment.

— Une chose me frappe, monsieur…

— Oui, George ?

— Monsieur va devoir trouver un autre dentiste.

— Vous me surprendrez toujours, George ! s'ébaudit Poirot. Cet aspect de l'affaire m'avait complètement échappé !

Visiblement flatté, George se retira.

Poirot se remit à siroter son chocolat en reprenant les faits qu'il venait d'énumérer. Il se sentait satisfait qu'il en soit comme il l'avait exposé. D'où que vienne l'instigation du meurtre, la main du criminel appartenait à ce cercle de personnes.

Puis il fronça les sourcils alors qu'il se rendait compte que sa liste était incomplète. Il avait omis un nom.

Or, aucun nom ne devait être écarté, pas même le plus invraisemblable.

Il y avait eu une autre personne dans la maison au moment du meurtre.

Il écrivit :

M. Barnes.

*

— Une dame vous demande au téléphone, monsieur, annonça bientôt George.

Une semaine plus tôt, Hercule Poirot s'était trompé sur l'identité d'une de ses visiteuses. Cette fois, il devina juste.

Il reconnut tout de suite sa voix.

— Monsieur Hercule Poirot ?

— Lui-même.

— Jane Olivera à l'appareil… la nièce de M. Alistair Blunt.

— Oui, mademoiselle Olivera ?

— Pourriez-vous venir à Gothic House, s'il vous plaît ? Il y a quelque chose qu'il faut que vous sachiez.

— Certainement. Quelle heure vous conviendrait ?

— 18 h 30, si vous le voulez bien.

— J'y serai.

L'espace d'un instant, le ton autocratique s'atténua.

— Je... j'espère que je ne vous ai pas interrompu en plein travail?

— Pas du tout. Je m'attendais à votre appel.

Il raccrocha très vite, le sourire aux lèvres. Quel prétexte Jane Olivera avait-elle pu trouver pour le convoquer?

Dès son arrivée à Gothic House, il fut conduit dans la vaste bibliothèque qui donnait sur le fleuve. Assis derrière son bureau, le regard absent, Alistair Blunt jouait avec un coupe-papier. Il avait l'air quelque peu traqué d'un homme dépassé par l'élément féminin de sa famille.

Jane se tenait près de la cheminée. Une femme d'un certain âge, aux formes rebondies, s'adressait au banquier non sans acrimonie :

— ... et il me semble, Alistair, que j'ai à tout le moins mon mot à dire sur le sujet.

— Oui, Julia, bien sûr, bien sûr, murmura M. Blunt d'une voix apaisante en se levant pour accueillir son visiteur.

— Mais si vous avez l'intention de parler de choses affreuses, je préfère me retirer, ajouta la gente dame.

— À votre place, c'est ce que je ferais, mère, approuva Jane Olivera.

Mme Olivera sortit majestueusement sans s'abaisser à remarquer la présence de Poirot.

— C'est très aimable à vous d'être venu, monsieur Poirot, dit Alistair Blunt. Vous connaissez déjà

Mlle Olivera, je présume ? C'est elle qui désirait vous voir…

— C'est à propos de cette femme disparue dont les journaux sont pleins, coupa la jeune fille. Mlle Quelque-Chose Seale.

— Sainsbury Seale ? Non ?

— C'est un nom tellement pompeux qu'on s'en souvient. Je raconte, oncle Alistair, ou je vous laisse faire ?

— Ma chérie, c'est ton histoire.

Jane se tourna vers Poirot.

— Peut-être que ça n'a aucune importance, mais j'ai pensé que vous deviez être au courant.

— Oui ?

— C'était la dernière fois qu'oncle Alistair est allé chez le dentiste. Pas l'autre jour, mais il y a de ça à peu près trois mois. Je l'avais accompagné à Queen Charlotte Street dans la Rolls qui devait me conduire ensuite chez des amis à Regent's Park et repasser le prendre plus tard. Nous nous sommes arrêtés devant le 58, oncle Alistair est descendu et, à ce moment précis, une femme est sortie du 58 – une femme entre deux âges, avec des cheveux en désordre et des vêtements du genre artiste. Elle a foncé droit sur oncle Alistair en clamant (Jane prit une voix flûtée) : « Oh, monsieur Blunt, vous ne vous souvenez pas de moi, j'en suis sûre ! » Non, ça va de soi, oncle Alistair ne s'en souvenait pas le moins du monde, ça se voyait à sa tête…

— C'est mon drame, soupira M. Blunt. Les gens passent leur temps à m'aborder de la sorte…

— Il a pris son air de circonstance, poursuivit Jane. Je le connais bien. Genre poli et faux jeton.

Ça ne tromperait pas un nourrisson. Et il a balbutié d'une voix pas convaincante pour deux sous : « Oh… euh… si, bien sûr. » Sur quoi cette terrifiante bonne femme a enchaîné : « J'étais une grande amie de votre femme, vous savez ! »

— C'est aussi ce qu'ils disent d'ordinaire, commenta le banquier d'une voix morose. (Il eut un sourire désabusé.) Cela se termine toujours de la même façon : un don pour ceci ou pour cela. Ce jour-là, je m'en suis tiré à bon compte : cinq livres pour une espèce de Mission des Zénanas.

— Avait-elle effectivement connu votre épouse ?

— Eh bien, sa sollicitude pour les Missions des Zénanas m'a fait penser que, si tel était le cas, cela avait dû être aux Indes. Nous y étions, il y a une dizaine d'années. Mais ce n'était certainement pas une « grande » amie, sinon je l'aurais connue. Elle avait dû tout au plus la croiser au cours d'une réception quelconque.

— Pour moi, dit Jane Olivera, elle n'avait même jamais vu tante Rebecca de sa vie. Je suis persuadée que ce n'était qu'un prétexte pour vous aborder.

— C'est très possible, admit M. Blunt, magnanime.

— Je veux dire que c'était vraiment bizarre, cette façon de s'imposer.

— Elle voulait juste un don d'argent, dit Alistair Blunt, toujours magnanime.

— Et elle n'a pas cherché à vous recontacter ? demanda Poirot.

Blunt secoua la tête.

— Je n'ai plus pensé à elle. J'avais même oublié son nom jusqu'à ce que Jane le remarque dans le journal.

— En tout cas, moi, j'ai pensé qu'il fallait le dire à monsieur Poirot, conclut Jane sur un ton qui était tout sauf convaincant.

— Et je vous en remercie, chère mademoiselle, dit Poirot avec toute la politesse du monde avant de se tourner vers le banquier. Je ne vais pas vous importuner plus longtemps, monsieur Blunt. Vous êtes un homme occupé.

— Je descends avec vous, s'empressa Jane.

Derrière ses moustaches, Poirot se prit à sourire.

En bas des escaliers, la jeune personne stoppa net.

— Venez par ici, ordonna-t-elle.

Ils s'engouffrèrent dans un petit salon.

— Que vouliez-vous dire au téléphone quand vous m'avez répondu que vous vous attendiez à mon appel ? attaqua-t-elle.

Poirot écarta les mains en souriant.

— Simplement cela, mademoiselle : je m'attendais à un appel de votre part – et l'appel est venu.

— Vous voulez dire que vous saviez que je vous téléphonerais au sujet de cette Mlle Sainsbury Seale ?

Poirot secoua la tête.

— Ça, ce n'était qu'un prétexte. Si nécessaire, vous en auriez trouvé un autre.

— Et pourquoi diable aurais-je dû vous appeler ? s'emporta la jeune fille.

— Et pourquoi diable me confier à moi cette précieuse information concernant Mlle Sainsbury Seale – et non à Scotland Yard, comme ce serait normal ?

— Très bien, monsieur Je-Sais-Tout. Que savez-vous au juste ?

— Je sais que je vous intéresse depuis une visite que j'ai faite au Holborn Palace Hotel.

Elle devint si pâle qu'il s'en alarma. Jamais il n'aurait imaginé qu'un hâle si profond pouvait aussi soudainement tourner au verdâtre. Il n'en poursuivit pas moins avec calme :

— Vous m'avez fait venir ici aujourd'hui parce que vous aviez l'intention de me cuisiner – c'est bien le terme, n'est-ce pas ? –, me cuisiner sur M. Howard Raikes.

— Quoi ? Qui ça ? lança la jeune fille dans une assez pitoyable tentative de diversion.

— Mais il n'est pas nécessaire de me cuisiner, mademoiselle. Je vais vous dire ce que je sais, ou plutôt ce que j'ai deviné. Le jour où nous sommes venus ici, l'inspecteur Japp et moi, vous étiez plus que surprise de notre visite, vous étiez… alarmée. Vous pensiez que quelque chose était arrivé à votre oncle. Pourquoi ?

— Parce que c'est le genre d'homme auquel des pépins peuvent arriver – un colis piégé, par exemple, comme après l'Emprunt herjoslovaque. Et des quantités de lettres de menaces aussi.

— L'inspecteur Japp vous a annoncé qu'un dentiste du nom de Morley avait été tué, reprit Poirot. Peut-être vous souvenez-vous de votre réaction. Vous avez dit « *Oh, mais non, c'est absurde !* »

Jane se mordit les lèvres.

— Vraiment ? Ça paraît absurde, en effet.

— C'était une remarque singulière, mademoiselle. Qui révélait que vous connaissiez l'existence de

M. Morley et que vous vous attendiez plus ou moins à ce que quelque chose arrive – peut-être pas à lui... mais chez lui.

— Vous, vous aimez vous faire des romans, non ?

Poirot ne releva pas.

— Vous vous étiez attendue, ou plutôt vous aviez redouté que quelque chose arrive chez M. Morley. Vous avez eu peur que ce quelque chose soit arrivé à votre oncle. Mais alors, vous deviez savoir quelque chose que nous ignorions. J'ai repensé aux personnes qui s'étaient trouvées dans la maison ce matin-là, et je n'ai pas tardé à mettre le doigt sur celle qui pouvait avoir un rapport avec vous – et c'était M. Howard Raikes, le jeune Américain.

— Un véritable feuilleton ! Que se passe-t-il au prochain numéro ?

— Je suis allé voir M. Raikes. C'est tout à la fois un dangereux et bien séduisant jeune homme...

Poirot avait laissé sa phrase en suspens.

— C'est vrai qu'il est séduisant, non ? murmura Jane en souriant doucement. D'accord ! Vous avez gagné ! J'étais morte d'angoisse.

Elle se rapprocha.

— Je vais tout vous dire, monsieur Poirot. Vous n'êtes pas du genre qu'on peut faire marcher. Je préfère tout vous raconter moi-même plutôt que de vous voir fouiner partout. Ce garçon, je l'aime. Je suis amoureuse de Howard Raikes. Je suis folle de lui. Ma mère m'a amenée à Londres pour m'éloigner de lui. Pour ça et aussi parce qu'elle espère qu'oncle Alistair va suffisamment s'attacher à moi pour me laisser tout son argent quand il mourra.

» Mère est sa nièce par alliance, poursuivit-elle. Sa mère était la sœur de Rebecca Arnholt. Ce qui fait de lui mon grand-oncle par alliance. Mais comme il n'a pas de proches parents de son côté, mère ne voit pas pourquoi nous ne serions pas ses légataires universelles. Elle le tape sans se gêner, d'ailleurs.

» Vous voyez, je suis franche avec vous, monsieur Poirot. C'est comme ça que nous sommes. En fait, nous avons nous-mêmes beaucoup d'argent – beaucoup trop, selon Howard, qui trouve ça indécent –, mais rien de comparable avec la fortune d'oncle Alistair.

Elle se tut. Puis se mit à frapper furieusement l'accoudoir de son fauteuil.

— Comment vous faire comprendre… Toutes les valeurs auxquelles on m'a appris à croire, Howard les rejette et veut les détruire. Et parfois, vous savez, je pense comme lui. J'ai beaucoup d'affection pour oncle Alistair, mais il me porte souvent sur les nerfs. Il est si barbant, si britannique, si prudent et conservateur… Il m'arrive d'avoir l'impression qu'il faudrait effectivement se débarrasser des gens comme lui, de penser qu'ils font obstacle au progrès, que, sans eux, on pourrait enfin faire quelque chose !

— Vous êtes donc convertie aux idées de M. Raikes ?

— Je le suis – et ne le suis pas. Howard est… est plus radical que la plupart de ses amis. Il y a des gens, vous savez, qui… qui sont d'accord avec lui jusqu'à un certain point. Ils seraient prêts à… à tenter autre chose – si seulement oncle Alistair et ses semblables étaient d'accord. Mais ils ne le seront jamais ! Ils se renfoncent dans leurs fauteuils, secouent la tête et décrètent : « Il est hors de question de s'aventurer là-dedans. » Et : « Économiquement, ça n'est pas viable. » Et : « Ne perdons pas de vue nos responsabilités. » Et : « Regardez l'Histoire. » Mais moi, je crois qu'il ne faut pas la regarder, l'Histoire. Regarder l'Histoire, c'est regarder en arrière. C'est droit devant qu'il faut regarder, toujours.

— C'est là un point de vue bien séduisant, dit gentiment Poirot.

Elle lui jeta un regard de mépris.

— Vous parlez comme eux !

— Sans doute parce que je suis vieux. *Leurs pères ont des rêves* – des rêves, voyez-vous, seulement des rêves.

Poirot se tut. Puis, revenant à des considérations plus terre à terre, il demanda :

— Pourquoi M. Howard Raikes avait-il pris ce rendez-vous à Queen Charlotte Street ?

— Parce que, moi, je voulais qu'il rencontre oncle Alistair, et que je ne voyais pas comment combiner ça autrement. Il avait des propos si durs envers mon oncle, si pleins de… de haine, en fait, que je me suis dit : s'il pouvait seulement le voir, voir comme il est simple et gentil, peut-être que… qu'il changerait d'avis à son égard… Une rencontre ici, je n'y serais jamais parvenue à cause de ma mère – elle se serait ingéniée à tout gâcher.

— Mais après avoir organisé cette rencontre, vous avez… vous avez eu peur.

Ses yeux devinrent immenses, et très sombres.

— Oui. Parce que… parce que… parfois, Howard se laisse emporter. Il… il…

Poirot voulut expliciter sa pensée :

— Il souhaite couper au plus court, n’est-ce pas ? Extirper le « mal » à la racine…

Jane Olivera n’eut qu’un cri :

— Ne dites pas ça !

SEPT, HUIT : JE LES METS EN ORDRE

Le temps passa. Cela faisait plus d'un mois que M. Morley était mort, et il n'y avait toujours aucune nouvelle de Mlle Sainsbury Seale.

Japp en concevait une irritation grandissante.

— Bon sang, Poirot ! Cette femme doit bien être quelque part !

— Indubitablement, mon ami.

— Ou bien elle est morte, ou bien elle est vivante. Si elle est morte, où est le cadavre ? Admettons qu'elle se soit suicidée…

— Encore un suicide ?

— Ne revenons pas là-dessus, Poirot. Vous continuez à prétendre que Morley a été assassiné – je dis que c'était un suicide.

— Vous n'avez toujours pas découvert d'où venait le pistolet ?

— Non, il s'agit d'une arme étrangère.

— C'est significatif, ça, vous ne trouvez pas ?

— Pas comme vous l'entendez. Morley avait voyagé. Sa sœur et lui avaient fait des croisières. Tout le monde dans les îles Britanniques fait des croisières. Il a pu le dénicher à l'étranger. Les gens adorent s'imaginer qu'ils vivent dangereusement.

Il s'interrompit, puis reprit :

— Mais cessez de détourner la conversation. J'étais en train de dire que si – vous entendez : seulement si – cette satanée bonne femme s'était suicidée, si elle s'était jetée dans la Tamise, par exemple, son corps aurait été repêché depuis longtemps. Pareil si elle avait été assassinée, d'ailleurs.

— Pas si son corps avait été lesté d'un poids avant d'être précipité dans le fleuve.

— C'est ça ! Et pourquoi pas dans un cul de basse-fosse du côté de Limehouse, pendant que vous y êtes ! Vous parlez comme dans une histoire de romancière à succès.

— Je sais, je sais. Je rougis toujours quand je dis des choses pareilles.

— Et c'est une organisation criminelle internationale qui l'a exécutée, sans doute ?

Poirot soupira.

— Je me suis laissé dire, il n'y a pas si longtemps, que cela existait bel et bien.

— Qui vous a raconté ça ?

— M. Reginald Barnes, Castlegarden Road, à Ealing.

— Eh bien, s'il le dit…, commenta Japp d'un ton dubitatif. C'était son rayon, les étrangers indésirables, quand il était au Home Office.

— Et vous n'y croyez pas, vous ?

— Ce n'est pas mon rayon. Bon, oui, d'accord, ça existe. Mais, de façon générale, ça ne représente guère que des broutilles.

Un court silence s'instaura, que Poirot mit à profit pour tortiller sa moustache.

— Nous avons un ou deux éléments nouveaux, reprit Japp. Elle est rentrée des Indes sur le même bateau qu'Amberiotis. Mais comme elle était en seconde classe et lui en première, ce n'est sans doute qu'une coïncidence… quoique l'un des serveurs du Savoy soit persuadé de l'avoir vue déjeuner avec lui une semaine environ avant sa mort.

— Qu'il puisse exister un lien entre eux n'est donc pas exclu ?

— Pas catégoriquement, mais j'ai du mal à y croire. Je n'arrive pas à imaginer une dame des missions mêlée à des affaires louches.

— Amberiotis était mêlé à des « affaires louches », comme vous dites ?

— Oui. Il était en contact étroit avec certains de nos amis d'Europe centrale. Espionnage.

— Vous êtes sûr de ce que vous avancez ?

— Oui. Oh, lui-même ne se chargeait pas du sale boulot. Nous n'aurions jamais pu le coincer. Organiser, réceptionner les rapports, c'était là sa partie.

Japp se tut un instant avant de reprendre :

— Mais ça ne nous apporte rien pour la mère Sainsbury Seale. Elle n'aurait jamais été s'impliquer dans ce genre de racket.

— Elle a vécu aux Indes, rappelez-vous. Et il y a eu pas mal de troubles là-bas, l'année dernière.

— Amberiotis et l'excellente Mlle Sainsbury Seale… non, je ne les vois pas faisant équipe.

— Saviez-vous que Mlle Sainsbury Seale était une grande amie de la regrettée Mme Alistair Blunt ?

— Qui a dit ça ? Je n'y crois pas une seconde. Pas le même monde.

— C'est elle qui l'a dit.

— Elle a dit ça à qui ?

— M. Alistair Blunt.

— Ah, je vois ! Il doit avoir l'habitude de cette tactique. Vous voulez dire qu'Amberiotis l'utilisait de cette façon ? Ça n'aurait rien donné : Blunt se serait débarrassé d'elle avec une petite somme. Il ne l'aurait pas invitée chez lui pour le week-end, ni quoi que ce soit. Il n'est pas aussi naïf que ça.

C'était d'une évidence telle que Poirot n'y trouva rien à redire. Après quelques instants, Japp reprit son résumé de la situation Sainsbury Seale :

— Son corps peut avoir été précipité dans une cuve d'acide par un savant fou – c'est encore une solution dont raffolent les romanciers. Mais, permettez-moi de vous le dire, tout ça, c'est de la blague. Si elle est morte, son corps a tout simplement été enterré quelque part.

— Mais où ?

— Voilà ! Où ? Elle a disparu en plein Londres. Personne à Londres n'a de jardin – d'une taille suffisante tout au moins. Un petit élevage de volailles isolé, voilà ce qu'il nous faut !

Un jardin ! Poirot eut la vision soudaine de ce jardin bien propret, à Ealing, avec ses plates-bandes au cordeau. Ne serait-ce pas fantastique qu'une femme soit enterrée là ! Il s'enjoignit de ne pas sombrer dans l'absurdité.

— Et si elle n'est pas morte, continuait Japp, où diable est-elle allée se fourrer ? Ça fait plus d'un mois, maintenant, que son signalement est diffusé dans la presse à travers tout le pays.

— Et personne ne l'a vue ?

— Bien sûr que si ! Pratiquement tout le monde l'a vue ! Vous n'avez pas idée du nombre de dames entre deux âges, à l'allure fanée et vêtues d'ensembles en lainage vert olive délavé qui sillonnent l'Angleterre ! On l'a vue sur les landes du Yorkshire, dans des hôtels de Liverpool, des pensions de famille du Devon, et même sur la plage de Ramsgate ! Mes hommes ont patiemment vérifié chacune de ces pistes – et tout ça n'a rien donné, excepté des problèmes avec un certain nombre de dames entre deux âges parfaitement respectables.

Poirot marqua sa compassion d'un claquement de langue.

— Et pourtant, c'est une personne réelle, dit Japp. Je veux dire qu'on tombe parfois sur un « leurre », quelqu'un qui apparaît quelque part sous le nom de Mlle Spinks alors qu'il n'existe pas la moindre Mlle Spinks. Non, cette femme est réelle – elle a un passé, une histoire. Nous savons tout d'elle depuis son enfance. Elle a mené une vie tout ce qu'il y a de normale et raisonnable – et soudain, hop, plus personne !

— Il doit bien avoir une raison, dit Poirot.

— Elle n'a pas tué Morley, si c'est ça que vous avez en tête. Amberiotis l'a vu bien vivant après qu'elle fut partie. Et nous avons vérifié ses mouvements depuis son départ de Queen Charlotte Street ce matin-là.

— Je ne suggère pas un instant qu'elle a tué Morley, s'impatienta Poirot. Bien sûr que non. Mais il n'empêche…

— Si vous avez raison pour Morley, coupa Japp, alors ce qui me paraît le plus vraisemblable, c'est qu'il lui ait dit quelque chose qui, même si elle ne l'a pas compris, aurait pu nous révéler l'identité de l'assassin. Auquel cas, elle aurait pu être délibérément supprimée.

— Tout cela suppose une organisation, de gros intérêts, hors de proportion avec la mort d'un paisible dentiste de Queen Charlotte Street.

— Ne gobez pas tout ce que Reginald Barnes vous raconte ! C'est un drôle d'oiseau qui voit des espions et des communistes partout.

Japp se leva.

— Tenez-moi au courant si vous avez du nouveau, dit Poirot.

Japp s'en fut et il resta là, abîmé dans ses réflexions.

Il éprouvait une sensation d'attente. Mais attente de quoi ?

Il se remémora le jour où, assis à son bureau, il avait noté quelques faits épars et une série de noms. Un oiseau était passé devant la fenêtre, une brindille au bec.

Lui aussi, il avait amassé des brindilles. *Cinq, six : j'amasse des brindilles…*

Il les avait, les brindilles – il en possédait même un bon nombre, maintenant. Elles étaient toutes là, chacune dans une des cases de son esprit méthodique – mais il n'avait pas encore essayé de les classer. C'était la prochaine étape : je les mets en ordre.

Qu'est-ce qui le retenait ? Il connaissait la réponse. Il attendait quelque chose.

Quelque chose d'inéluctable, de pré-ordonné, le maillon manquant de la chaîne. Quand cela viendrait, alors – alors, il pourrait aller de l'avant.

*

Ce n'est qu'une semaine plus tard, dans le courant de l'après-midi, que le signe vint enfin. Au bout du fil, la voix de Japp était tendue.

— C'est vous, Poirot ? Nous l'avons trouvée. Vous feriez bien de rappliquer. King Leopold Mansions. Battersea Park. Appartement 45.

Un quart d'heure plus tard, un taxi déposait Poirot à l'adresse indiquée.

C'était un groupe d'immeubles résidentiels dominant Battersea Park. Le numéro 45 était au deuxième étage. Japp en personne vint lui ouvrir la porte.

Il avait les traits tirés.

— Entrez, dit-il. Ça n'a rien d'agréable, mais je pense que vous voudrez voir par vous-même.

— Morte ? demanda Poirot – mais ce n'était pas vraiment une question.

— Tout ce qu'il y a de plus morte, pourrait-on dire.

Poirot dressa l'oreille à un bruit caractéristique derrière une porte sur sa droite.

— C'est le concierge, dit Japp. En train de vomir dans l'évier. Il a bien fallu que je le fasse monter pour savoir s'il pouvait l'identifier.

Poirot le suivit dans le couloir. Ses narines frémirent.

— Ce n'est pas beau à voir, dit Japp. Mais qu'est-ce que vous croyez ? Ça fait plus d'un mois qu'elle est morte.

La pièce où ils entrèrent n'était qu'un débarras. Au milieu se trouvait une grande malle métallique, du modèle dont on se sert pour mettre ses fourrures à l'abri. Le couvercle était relevé.

Poirot regarda à l'intérieur.

Le pied fut ce qu'il vit en premier, avec sa chaussure éculée ornée d'une grosse boucle tape-à-l'œil. Sa première vision de Mlle Sainsbury Seale avait été, il s'en souvenait, une boucle de chaussure.

Son regard remonta jusqu'à la jupe de lainage verdâtre, la veste, puis la tête…

Il émit un bruit inarticulé.

— Je sais, acquiesça Japp. C'est assez insoutenable.

Le visage avait été écrasé jusqu'à devenir méconnaissable. Ça plus le processus naturel de la décomposition, il n'était pas étonnant que le teint des deux hommes ait pris une nuance cireuse quand ils ressortirent du débarras.

— Bon ! marmonna Japp, ça fait partie de la routine – notre routine. Aucun doute là-dessus, ce boulot est parfois franchement moche. Il y a un fond de cognac à côté. Vous feriez bien d'en prendre un peu.

Le salon était élégamment meublé, dans le style à la mode : du chromé à profusion et quelques larges fauteuils cubiques recouverts d'un tissu havane à motifs géométriques.

Poirot trouva la bouteille et se servit un peu de cognac. Quand il eut fini de boire, il soupira :

— Ça n'était pas joli, joli ! Maintenant, mon ami, racontez-moi.

— Cet appartement appartient à une Mme Albert Chapman. Mme Chapman, d'après mes renseignements, est une pétulante blonde bien en chair, dans les quarante et quelques. Elle paie ses factures, ne dédaigne pas une partie de bridge à l'occasion avec ses voisins, mais dans l'ensemble reste plutôt dans son coin. Pas d'enfants. M. Chapman est voyageur de commerce.

Mlle Sainsbury Seale a débarqué ici le soir même de notre entrevue avec elle. Vers 19 h 15. Elle est donc probablement arrivée tout droit du Glengowrie Court. Elle était déjà venue une fois, d'après le concierge. Rien de louche, comme vous voyez – une visite amicale. Le concierge l'a fait monter au second et, la dernière fois qu'il l'a vue, elle était sur le paillasson, en train de sonner.

— Il a pris son temps pour retrouver la mémoire ! commenta Poirot.

— Il a eu des problèmes d'estomac, semble-t-il. Hôpital. Quelqu'un l'a remplacé pendant ce temps-là. Ce n'est que la semaine dernière qu'il a remarqué dans un vieux journal le signalement d'une « disparue ». Sur quoi il a dit à sa femme : « Ça ressemble comme deux gouttes d'eau à la vieille toupie qui est venue voir Mme Chapman, au second. Elle avait bien un truc de lainage vert et des boucles à ses chaussures. » Une heure après, ça lui trottait encore dans la tête : « Je crois bien qu'elle avait un nom dans ce goût-là. Que je sois pendu si c'était pas ça : Mlle Machintruc Seale ! »

» Après ça, poursuivit Japp, il lui a fallu environ quatre jours pour surmonter une répugnance naturelle à s'adresser à la police et venir nous dire ce qu'il savait. Nous ne pensions pas que ça mènerait quelque part. Vous n'avez pas idée du nombre de fausses pistes que nous avons suivies. J'ai quand même envoyé le sergent Beddoe – un brillant jeune homme – faire un tour dans le coin. Un peu trop "Cambridge", ce garçon, mais après tout ce n'est pas sa faute. C'est devenu la mode.

» Beddoe a tout de suite senti que nous tenions enfin le bon bout. Pour commencer, cette Mme Chapman, personne ne l'avait vue depuis plus d'un mois. Partie sans laisser d'adresse. C'était un peu bizarre. Et en fait, tout ce qui concernait M. et Mme Chapman était un peu bizarre.

» Il a vite appris que le concierge n'avait pas vu Mlle Sainsbury Seale ressortir. En soi, cela n'avait rien d'étonnant. Elle avait très bien pu descendre par l'escalier et s'en aller sans qu'il la remarque. Mais le concierge lui a dit aussi que Mme Chapman était partie assez soudainement. Le lendemain matin, il y avait simplement sur la porte une pancarte : PAS DE LAIT. PRÉVENEZ NELLIE QUE JE M'ABSENTE. Nellie, c'est la femme de ménage qui venait tous les jours. Comme Mme Chapman s'était déjà absentée de façon aussi précipitée une ou deux fois par le passé, Nellie n'avait pas trouvé ça bizarre. Mais ce qui l'était, c'est qu'elle n'ait pas appelé le concierge pour descendre ses bagages ou lui trouver un taxi.

» Quoi qu'il en soit, Beddoe a décidé d'entrer dans l'appartement. Nous avons obtenu un mandat de perquisition et le passe du gérant. Rien d'intéressant, sauf dans la salle de bains. Ça avait été nettoyé à la hâte. Il y avait des traces de sang sur le linoléum, dans les coins, là où la serpillière n'était pas allée. Après ça, il n'y avait plus qu'à trouver le corps. Mme Chapman n'avait pas emporté de bagages encombrants, sinon le concierge l'aurait su. Le corps était donc forcément dans l'appartement. Nous avons vite repéré cette malle à fourrures – bien hermétique, vous comprenez : l'endroit rêvé. Les clés étaient dans le tiroir de la coiffeuse. Nous l'avons ouverte – et qu'est-ce qu'il y avait dedans ?... Notre belle envolée !

— Et Mme Chapman, dans tout ça ? interrogea Poirot.

— Eh oui ! Qui est Sylvia ? C'est son nom, Sylvia. Quel rôle joue-t-elle dans tout ça ? Une chose est sûre. Sylvia, ou les amis de Sylvia, ont assassiné la dame et l'ont mise en boîte.

Poirot acquiesça.

— D'accord. Mais pourquoi lui avoir défoncé le visage ? Ce n'est pas très amical, ça !

— Pas très amical, en effet ! Quant au pourquoi, eh bien on en est réduit aux suppositions. Pure vindicte, peut-être. Ou alors il s'agissait d'empêcher l'identification.

— Mais ça n'a rien empêché du tout !

— Non. Parce que non seulement nous avions une bonne description des vêtements que portait Mabelle Sainsbury Seale au moment de sa disparition, mais en plus son sac avait été fourré dans la malle, et dans le sac il y avait tout simplement une vieille lettre adressée à elle, à son hôtel de Russell Square.

Poirot se redressa.

— Mais ça n'a pas de sens !

— Je suis bien de votre avis. Une erreur, je suppose.

— Oui, peut-être bien une erreur… Mais…

Poirot se leva.

— Vous avez fouillé l'appartement ?

— De fond en comble. Il n'y a rien d'éclairant.

— J'aimerais voir la chambre de Mme Chapman.

— Eh bien, allons-y.

Nette et bien rangée, la chambre ne montrait aucun signe de départ impromptu. Personne n'avait dormi dans le lit, mais il était ouvert pour la nuit. Tout était recouvert d'une couche de poussière uniforme.

— Pas d'empreintes digitales, dit Japp. Il y en a dans la cuisine, mais je suis sûr que ce sont celles de la femme de ménage.

— Ce qui tendrait à prouver que l'appartement à été entièrement nettoyé après le meurtre ?

— Oui.

Du regard, Poirot fit lentement le tour de la pièce. Comme le salon, elle était meublée en moderne – mais meublée, se dit-il, par quelqu'un qui ne disposait pas de moyens illimités. Tout avait dû coûter assez cher, mais pas affreusement cher. L'ensemble faisait de l'effet, mais n'était pas haut de gamme. La couleur dominante était le rose. Il ouvrit un placard et tâta les vêtements – des vêtements élégants, mais pas non plus ce qui se faisait de mieux. Ses yeux tombèrent sur les chaussures – la plupart du modèle de sandales qui faisait alors fureur, certaines avec des semelles de liège d'une épaisseur exagérée. Il en soupesa une, nota que Mme Chapman chaussait du 38 et la reposa. Dans un autre placard il trouva plusieurs fourrures empilées sans précaution.

— Sorties de la malle, dit Japp.

Poirot acquiesça. Il tenait un manteau de petit-gris.

— Première qualité, apprécia-t-il en connaisseur.

Il passa dans la salle de bains.

Il y avait une grande exposition de produits de beauté. Poirot les examina avec intérêt. Poudre, fards, démaquillants, crèmes pour le visage, plus deux flacons de teinture pour les cheveux.

— Pas vraiment aussi blond platine qu'elle voudrait bien le faire croire, notre Mme Chapman, grommela Japp.

— À quarante ans, cher ami, objecta Poirot, la plupart de ces dames commencent à grisonner, mais Mme Chapman n'était pas femme à laisser la nature lui dicter sa loi.

— Elle doit être rouge henné à l'heure qu'il est, histoire de changer.

— Je me demande.

— Quelque chose vous contrarie, Poirot. Qu'est-ce que c'est ?

— Eh bien, oui, je suis contrarié. Je suis très contrarié. Voyez-vous, il y a là un problème insoluble pour moi.

D'un pas résolu, il retourna dans le débarras.

Il entreprit d'ôter la chaussure du pied de la morte. Elle vint, non sans difficulté.

Il examina la boucle. Elle avait été maladroitement recousue.

Hercule Poirot soupira.

— Je dois rêver…

— Qu'essayez-vous de faire ? s'enquit Japp. Rendre les choses encore un peu plus compliquées ?

— C'est exactement ça.

— Une chaussure en cuir, gronda Japp. Une chaussure complète, avec sa boucle… Qu'est-ce qui cloche là-dedans ?

— Rien, dit Poirot. Absolument rien. Mais quand même… je ne comprends pas.

*

Mme Merton, appartement 82, King Leopold Mansions, avait été indiquée par le concierge comme étant l'amie la plus proche de Mme Chapman dans la résidence.

C'est donc au numéro 82 que Japp et Poirot se transportèrent ensuite.

Mme Merton était une personne qui avait la langue bien pendue, des yeux noirs avides et une coiffure élaborée.

Il ne fut pas nécessaire de l'encourager à parler : elle frétillait dans le drame.

— Sylvia Chapman ? Évidemment, je ne la connais pas très bien – pas intimement, si vous préférez. Nous avons eu quelques bonnes soirées de bridge, nous sommes allées ensemble au cinéma et, bien sûr, faire quelquefois du lèche-vitrine. Mais, oh ! je vous en conjure… elle n'est pas morte, dites-moi ?

Japp la rassura.

— Ah, bon ! Vous m'ôtez un poids ! Voyez-vous, le facteur était dans tous ses états, il y a juste cinq minutes, à propos d'un cadavre qu'on aurait découvert dans un des appartements... Mais il ne faut jamais croire ce que les gens racontent, n'est-ce pas ? En tout cas, moi je ne le fais jamais.

Japp posa une nouvelle question.

— Non, je n'ai pas eu de ses nouvelles, pas depuis que nous avions projeté d'aller voir le nouveau Fred Astaire et Ginger Rogers la semaine suivante. Et, à ce moment-là, elle ne m'avait pas signalé qu'elle s'absenterait.

Mme Merton n'avait jamais entendu parler d'une quelconque Mlle Sainsbury Seale. Non, Mme Chapman n'avait jamais prononcé un nom pareil.

— Et pourtant, c'est un nom qui me dit très nettement quelque chose. J'ai l'impression de l'avoir vu quelque part, très récemment.

— Dans tous les journaux pendant des semaines, dit Japp, d'un ton sec.

— Bien sûr ! Une personne disparue, c'est ça ? Et vous pensiez que Mme Chapman la connaissait peut-être ? Non, je vous le répète, je suis certaine de n'avoir jamais entendu Sylvia prononcer ce nom-là.

— Que savez-vous de M. Chapman, madame Merton ?

Une expression curieuse passa sur le visage de Mme Merton.

— Il est voyageur de commerce, je crois. C'est en tout cas ce que m'a dit Sylvia. Il se déplace beaucoup à l'étranger pour sa société – armements, je crois bien. Il voyage dans toute l'Europe.

— L'avez-vous déjà rencontré ?

— Non, jamais. Il est rarement chez lui, et quand il rentre, Mme Chapman et lui n'ont pas de temps à consacrer à des tiers, il faut se mettre à leur place.

— Savez-vous si Mme Chapman a des amis ou de la famille ?

— Des amis, je ne sais pas. De la famille proche, je n'ai pas le souvenir qu'elle m'en ait jamais parlé.

— A-t-elle jamais séjourné aux Indes ?

— Pas à ma connaissance...

Après un court silence, Mme Merton n'y tint plus.

— Mais, s'il vous plaît, dites-moi pourquoi vous me posez toutes ces questions ? Je comprends bien que vous êtes de Scotland Yard et tout ça, mais il doit bien y avoir une raison ?

— Eh bien, madame Merton, comme vous l'apprendrez de toute façon tôt ou tard... On a effectivement trouvé un cadavre chez Mme Chapman.

— Oh !

Pendant un instant, Mme Merton ressembla au chien dont les yeux étaient grands comme des soucoupes.

— Un cadavre ! Il ne s'agit pas de M. Chapman, au moins ? Peut-être un étranger, alors ?

— Notre cadavre n'a rien de masculin, tint à préciser Japp. C'est celui d'une femme.

— Une femme...

Mme Merton paraissait encore plus décontenancée.

— Pourquoi pensiez-vous qu'il s'agissait d'un homme ? demanda doucement Poirot.

— Oh, je ne sais pas, moi ! Ça me semblait plus logique.

— Mais pourquoi donc ? Mme Chapman avait-elle l'habitude de recevoir des hommes ?

— Oh non ! Non, pas du tout ! s'offusqua Mme Merton. Je n'ai jamais voulu suggérer ce genre de choses ! Sylvia Chapman n'est absolument pas ce genre de femme vraiment, non ! C'était juste que M. Chapman… Enfin…

Elle s'arrêta là.

— Je pressens, chère madame, la gronda gentiment Poirot, que vous en savez plus que ce que vous avez bien voulu nous dire.

Mme Merton parut égarée.

— Je… je ne sais vraiment pas ce que je dois faire. Je veux dire… je ne voudrais pas trahir un secret. Ce que Sylvia m'a confié, je ne l'ai jamais répété – si ce n'est à une ou deux amies, peut-être, mais dont j'étais tout à fait sûre.

Mme Merton se pencha plus près et baissa la voix jusqu'au murmure.

— C'est venu comme ça, par hasard, au cinéma, un film d'espionnage… Mme Chapman était en train de me dire qu'on voyait bien que l'auteur du scénario ne connaissait rien aux Services secrets… et ça lui est sorti comme ça, mais elle m'a fait jurer de me taire… de ne jamais répéter que M. Chapman… Parce qu'il est dans les Services secrets, vous voyez. C'est pour ça qu'il est si souvent à l'étranger. La société d'armements, c'est juste une couverture. Et c'est une véritable angoisse pour Mme Chapman à chacune de ses absences avec l'interdiction d'échanger du courrier et tout. Et bien sûr, comme métier, il n'y a pas plus dangereux !

*

Tout en dévalant l'escalier pour regagner l'appartement 45, Japp explosa :

— Par les mânes de Phillips Oppenheim, de Valentin Williams et de William Le Queux, je crois que je vais devenir enragé !

Le jeune et brillantissime sergent Beddoe les attendait de pied ferme.

— Je n'ai rien pu tirer de la femme de ménage, monsieur, annonça-t-il avec un infini respect. Mme Chapman en changeait semble-t-il souvent. Celle-ci n'a travaillé chez elle qu'un mois ou deux. Elle dit que Mme Chapman était une femme adorable, raffolant d'émissions radio et toujours prête à bavarder. À son avis, le mari était coureur, mais Mme Chapman ne s'en rendait pas compte. Elle recevait parfois des lettres de l'étranger. La femme de ménage sait qu'il y en avait en tout cas eu quelques-unes d'Allemagne, deux d'Amérique, une d'Italie et une d'URSS : son petit ami collectionne les timbres et Mme Chapman les lui mettait de côté.

— Rien dans les papiers de Mme Chapman ?

— Rien du tout, monsieur. Elle ne gardait pas grand-chose. Quelques factures, des reçus – tous du coin. Quelques vieux programmes de théâtre, une ou deux recettes découpées dans des journaux et une brochure sur les Missions des Zénanas.

— Ça, pas la peine de chercher d'où ça vient !... Ce qu'il y a de sûr, c'est que tout ça ne ressemble guère au portrait-robot d'une criminelle. Or, c'est pourtant bien à une criminelle que nous avons affaire. Ou, au minimum, à la complice d'un criminel. À propos, aucun individu suspect repéré dans les parages ce soir-là, par hasard ?

— Le concierge n'en a pas le souvenir, mais, depuis le temps, le contraire serait étonnant. Et, de toute façon, il y a pas mal d'appartements ici, et les gens entrent et sortent sans arrêt. S'il se rappelle la date de la visite de Mlle Sainsbury Seale, c'est qu'il s'est senti patraque ce soir-là et qu'il a été hospitalisé le lendemain.

— Les autres locataires n'ont rien entendu d'inhabituel ?

Le jeune homme secoua la tête.

— Je suis allé demander à l'appartement du dessus et à celui du dessous. Les occupants ne se souviennent de rien, mais leur radio marchait.

Le médecin légiste sortit de la salle de bains où il était allé se laver les mains.

— Pas appétissante, votre copine ! dit-il d'un ton réjoui. Envoyez-la moi dès que vous n'en aurez plus besoin, que je puisse passer aux choses sérieuses !

— Une idée sur la cause du décès, docteur ?

— Impossible à dire avant l'autopsie. A priori, ces blessures à la face ont été faites après la mort. Mais j'en saurai davantage quand je l'aurai à la morgue. Femme d'âge moyen, en bonne santé. Cheveux gris à la racine, teints en blond. On trouvera peut-être des signes particuliers sur le corps, sinon ça ne va pas être une mince affaire de l'identifier… Ah ! vous savez qui c'est ? Magnifique ! Pardon ? La disparue dont on a tant parlé dans les journaux ? Bah ! moi, vous savez, je ne lis jamais le journal, je me contente des mots croisés.

— Eh bien, bravo ! ronchonna Japp tandis que le médecin légiste s'éclipsait.

Poirot, quant à lui, tournicotait autour du secrétaire. Il s'empara d'un petit carnet d'adresses marron.

— Rien de bien intéressant là-dedans, s'empressa l'infatigable Beddoe. Coiffeurs, couturières, etc. J'ai relevé les noms et les adresses des particuliers.

Poirot ouvrit le carnet à la lettre D.

Il lut :

Dr Davis, 17, Prince Albert Road ;

Drake & Pomponetti, poissonnerie…

Et puis, juste en dessous :

Dentiste : M. Morley, 58 Queen Charlotte Street.

Une lueur fusa dans son regard.

— J'ai comme l'impression, déclara-t-il, qu'il ne sera pas difficile d'identifier formellement le corps.

Japp le dévisagea d'un drôle d'air.

— Vous… vous n'imaginez tout de même pas… ?

Le ton de Poirot se fit véhément.

— Peu importe ce que j'imagine ! Ce qu'il faut, c'est que j'en aie le cœur net !

*

Mlle Morley s'était installée à la campagne. Elle vivait désormais dans un petit cottage, non loin de Hertford.

Le grenadier reçut Poirot de bonne grâce. Depuis la mort de son frère, son visage était devenu un peu plus sévère peut-être, son maintien un peu plus raide, et son attitude face à la vie en général résolument plus inflexible. Il faut dire qu'elle avait amèrement souffert de voir l'honneur professionnel de son frère entaché par les conclusions de l'enquête.

Poirot, avait-elle quelque raison de penser, estimait lui aussi que le verdict était une erreur. Par conséquent, le grenadier s'était un peu détendu.

Elle répondit de bon gré à ses questions, et avec précision. Tous les papiers professionnels de M. Morley avaient été soigneusement classés par Mlle Nevill et remis au successeur du dentiste. Certains de ses patients étaient passés à M. Reilly, d'autres avaient adopté le nouvel associé, une partie, enfin, s'était éparpillée chez d'autres confrères.

Après avoir dit tout ce qu'elle pouvait savoir, Mlle Morley ajouta :

— Ainsi, vous avez retrouvé cette femme qui était une patiente d'Henry, Mlle Sainsbury Sealc. Et, elle aussi, elle a été tuée.

Il y avait du défi dans le « elle aussi », qu'elle avait souligné.

— Votre frère n'a jamais fait devant vous de commentaire particulier sur Mlle Sainsbury Seale ? demanda Poirot.

— Non, pas que je me souvienne. S'il avait eu un patient particulièrement éprouvant, il m'en parlait ; ou si l'un d'eux avait dit quelque chose de drôle, il me le racontait. Mais, de façon générale, nous ne parlions pas beaucoup de son travail. Quand la journée était finie, il préférait penser à autre chose. Il était parfois vanné, vous savez.

— Vous souvenez-vous d'une Mme Chapman dans la clientèle de votre frère ?

— Chapman ?… Non, ce nom-là ne me dit rien du tout. Mais pour ce genre de renseignement, Mlle Nevill vous serait bien plus utile que moi.

— Je serais très heureux d'entrer en contact avec elle. Savez-vous où je peux la trouver ?

— Elle travaille chez un dentiste de Ramsgate, je crois.

— Elle n'a pas encore épousé Frank Carter ?

— Non. Et j'espère bien qu'elle ne l'épousera jamais. Je n'aime pas cet individu, monsieur Poirot. Vraiment pas. Il y a chez lui quelque chose de mauvais. Je persiste à penser qu'il n'a aucun sens moral.

— Estimez-vous possible qu'il soit l'assassin de votre frère ?

— Rien ne m'ôtera de l'idée, dit lentement Mlle Morley, qu'il en aurait été capable – il a un caractère très violent. Mais je ne vois pas quelle raison il aurait eue, ni quand il aurait pu le faire. Bien sûr, si Henry avait réussi à convaincre Gladys de mettre un terme à cette relation… Mais elle était indéfectiblement loyale.

— Aurait-il pu être soudoyé, à votre avis ?

— Soudoyé? Pour tuer mon frère? Quelle idée extravagante!

Sur ces entrefaites, une jolie fille brune entra avec le plateau à thé. Quand elle fut ressortie, Poirot demanda :

— Cette jeune fille était à votre service à Londres, n'est-ce pas?

— Agnes? Oui, elle était femme de chambre. Je me suis séparée de la cuisinière : elle ne voulait de toute façon pas me suivre à la campagne. C'est Agnes qui fait tout, maintenant. Elle est en train de devenir un vrai cordon-bleu.

Poirot hocha la tête.

Il connaissait sur le bout des doigts l'organisation domestique du 58, Queen Charlotte Street, qui avait été étudiée dans le détail à l'époque du drame. M. Morley et sa sœur occupaient les deux derniers étages de la maison. Le sous-sol avait été fermé, à l'exception d'un étroit couloir qui menait à la cour intérieure où se trouvait le monte-charge utilisé par les fournisseurs, ainsi qu'un tube acoustique. La seule entrée était donc la porte de façade, qu'Alfred avait en charge. C'était cela qui avait conforté la police dans sa certitude qu'aucun inconnu n'avait pu s'introduire dans la maison ce matin-là.

La cuisinière comme la femme de chambre étaient au service des Morley depuis plusieurs années et avaient toutes deux bonne réputation. Donc, même si théoriquement l'une ou l'autre avait pu se faufiler à l'étage inférieur et tuer son patron, cette éventualité n'avait jamais été sérieusement envisagée.

Aucune des deux n'avait manifesté de nervosité particulière lors des interrogatoires, et ni l'une ni l'autre ne semblaient pouvoir être liées de façon plausible à la mort de M. Morley.

Pourtant, quand Agnes tendit au visiteur sur le départ sa canne et son chapeau, elle lui demanda avec une brusquerie, une nervosité surprenantes :

— Est-ce que… Est-ce qu'on en sait plus sur la mort du patron, monsieur ?

Poirot fit volte-face pour la regarder.

— Aucun élément nouveau n'a été découvert.

— Alors on est toujours tout à fait sûr comme quoi il s'est tué parce qu'il avait fait une erreur avec cette drogue ?

— Oui. Pourquoi cette question ?

Agnes lissait son tablier. Elle avait détourné la tête.

— La… la patronne, elle ne croit pas à ça, dit-elle d'une voix quasi inaudible.

— Et vous pensez comme elle, sans doute ?

— Moi ? Oh, moi, je sais rien, monsieur. Je voulais… je voulais… Oh ! c'était juste histoire d'être sûre, quoi.

— Cela vous soulagerait d'avoir la certitude absolue qu'il s'agissait d'un suicide ? demanda Poirot de sa voix la plus engageante.

— Oh oui, monsieur ! répondit sans hésiter Agnes. Pour sûr !

— Pour une raison particulière ?

Son regard effrayé croisa celui de Poirot. Elle eut un imperceptible mouvement de recul.

— Je… je ne sais rien de rien, monsieur. Je posais une question, monsieur, c'est tout…

« Mais pourquoi l'a-t-elle posée ? » se demanda Poirot en se dirigeant vers la barrière.

Il savait qu'il existait forcément une réponse à cette question. Mais, à ce moment précis, il était incapable d'imaginer ce qu'elle pouvait bien être.

Tant pis, il n'en sentait pas moins qu'il venait de faire un pas en avant.

*

En rentrant chez lui, Poirot eut la surprise d'y trouver un visiteur inattendu.

Le sommet d'un crâne chauve émergeait du dossier d'un fauteuil. Et M. Barnes se dressa de toute sa petite taille.

L'œil plus papillotant que jamais, il présenta de brèves excuses. Il était venu, expliqua-t-il, rendre sa visite à Hercule Poirot.

Poirot se déclara ravi de voir M. Barnes.

Il fut demandé à George de servir le café – à moins, bien sûr, que son hôte ne préférât du thé ou un whisky-soda ?

— Un café serait parfait, dit M. Barnes. J'imagine que votre domestique sait le faire. Les domestiques anglais en sont généralement incapables.

Ils échangèrent encore quelques amabilités, puis M. Barnes s'éclaircit la gorge et entra dans le vif du sujet.

— Je vais être franc, monsieur Poirot. C'est la curiosité qui m'amène. Je me suis dit que vous étiez sûrement très au fait des détails de cette curieuse affaire. J'ai lu dans les journaux qu'on avait retrouvé cette Mlle Sainsbury Seale et qu'une enquête avait été ouverte puis ajournée pour complément d'enquête. La mort serait due à une trop forte dose de véronal.

— C'est bien ça, acquiesça Poirot.

Il y eut un silence, puis Poirot demanda :

— Avez-vous jamais entendu parler d'Albert Chapman, monsieur Barnes ?

— Ah ! le mari de la dame chez qui Mlle Sainsbury Seale a trouvé la mort ? Un personnage assez insaisissable, à ce qu'on dirait.

— Mais sûrement pas inexistant.

— Oh non ! Il existe. Oui, bien sûr, il existe – ou a existé. J'avais entendu dire qu'il était mort. Mais on ne peut guère se fier à ce genre de rumeurs.

— Qui était-il, monsieur Barnes ?

— Je ne pense pas que ce sera révélé à l'enquête, s'ils peuvent l'éviter. Ils sortiront l'histoire de la société d'armements.

— Il appartenait donc bien aux Services secrets ?

— Bien sûr. Mais il n'était pas censé le dire à sa femme – pas censé du tout. En fait, il n'aurait pas dû continuer dans le Service après son mariage. Telle est la règle… enfin, si vous faites vraiment partie des éléments ultra-secrets.

— Et M. Chapman en faisait partie ?

— Oui. Q.X. 912. C'est ainsi qu'on le connaissait. On n'utilise pas les noms, ce serait tout à fait irrégulier. Oh, je ne veux pas dire que Q.X. 912 était spécialement important, ni quoi que ce soit de ce genre. Mais il était utile parce que c'était un type insignifiant, le genre de visage dont on ne se souvient pas. Il a pas mal servi de messager à travers l'Europe. Vous connaissez le système : une lettre pleine de dignité transmise via notre ambassadeur en Ruritanie, et une autre, pas du tout officielle, traitant du sale boulot et acheminée par Q.X. 912 – à savoir M. Albert Chapman.

— Alors il détenait une quantité de renseignements précieux ?

— Il ne savait probablement rien du tout, gloussa M. Barnes avec bonne humeur. Tout ce qu'on lui demandait, c'était de sauter dans des trains, des bateaux, des avions, et d'avoir toujours une bonne excuse pour justifier ses déplacements.

— Et vous avez entendu dire qu'il était mort ?

— C'est bien ce que j'ai entendu dire. Mais il ne faut jamais croire les racontars. Je ne m'y risque jamais.

Poirot lui lança un regard pénétrant.

— Et sa femme, demanda-t-il, que pensez-vous qu'il lui soit arrivé ?

— Je n'en ai pas la moindre idée, dit M. Barnes. Et vous ?

— J'en avais bien une, dit Poirot. Mais…

Il se tut, puis reprit d'une voix lente :

— C'est à n'y rien comprendre.

— Quelque chose vous tracasse ? murmura Barnes, compatissant.

— Oui, dit Poirot de la même voix lente. Ce que j'ai vu de mes propres yeux…

*

Japp entra dans le salon de Poirot et flanqua son chapeau sur le guéridon avec une telle violence qu'il en vacilla.

— Comment diable vous est venue cette idée ? lança-t-il.

— Mon cher Japp, j'ignore de quoi vous parlez.

L'inspecteur reprit en détachant ses mots :

— Comment vous est venue l'idée que le cadavre n'était pas celui de Mlle Sainsbury Seale ?

Poirot semblait chiffonné.

— C'est le visage qui me tracassait, dit-il. Pourquoi défoncer le visage d'un cadavre ?

— Ma parole ! gronda Japp, j'espère que, là où il est, ce pauvre vieux Morley voit ce qui se passe ! Après tout, il n'est pas impossible qu'on l'ait supprimé comme ça, exprès – dans le seul but qu'il ne puisse pas venir témoigner.

— Il aurait certainement été préférable, en effet, qu'il puisse témoigner lui-même.

— Leatheran fera très bien l'affaire. Le successeur de Morley. Un type très capable et infiniment respectable. Et puis, de toute façon, la preuve est irréfutable.

Le soir même, une nouvelle sensationnelle s'étalait à la une des journaux. Le corps découvert dans l'appartement de Battersea dont on avait cru qu'il était celui de Mlle Sainsbury Seale venait d'être formellement identifié comme étant celui de Mme Albert Chapman.

Après examen dentaire et comparaison avec les dossiers laissés par M. Morley, M. Leatheran, dentiste, 58, Queen Charlotte Street, pouvait affirmer de manière catégorique que la morte était Mme Albert Chapman.

Les vêtements de Mlle Sainsbury Seale étaient sur le cadavre et son sac se trouvait à côté…

Mais où Mlle Sainsbury Seale elle-même était-elle passée ?

NEUF, DIX : UNE POULE BIEN DODUE

En sortant de la salle où venait d'avoir lieu l'enquête, Japp jubilait.

— Beau travail ! exulta-t-il. Ça a fait sensation !

Poirot voulut bien en convenir.

— Vous aviez tout de suite vu juste, poursuivit Japp. Oh, ça ne me plaisait pas non plus, ce corps. Après tout, on ne va pas écrabouiller le visage d'un cadavre comme ça, pour rien. C'est un sale boulot, répugnant, il fallait bien qu'il y ait une raison de le faire. Et la seule raison possible était d'empêcher l'identification. Mais, ajouta-t-il, beau joueur, jamais je n'aurais deviné si vite qu'il s'agissait de l'autre femme.

Poirot sourit.

— Et pourtant, mon cher, dans leurs descriptions, les deux femmes en question ne présentaient guère de différences fondamentales. Mme Chapman, je vous l'accorde, était une jolie femme élégante, bien maquillée, habillée à la mode. Tandis que Mlle Sainsbury Seale était mal fagotée et ignorait tout du fard et du rouge à lèvres. Mais, sinon, elles avaient toutes les deux dépassé la quarantaine, toutes les deux la même corpulence – et toutes les deux camouflaient leurs cheveux grisonnants sous une teinture blonde.

— Oui, bien sûr, présenté comme ça… Il y a une chose qu'il faut admettre : la douce Mabelle nous a joliment roulé dans la farine ! J'aurais pourtant juré qu'elle ne nous racontait pas d'histoires.

— Voyons, très cher, elle ne nous a pas menti. Nous savons tout de son passé.

— Mais ce que nous ne savions pas, c'est qu'elle était capable de tuer – or, c'est comme ça que les choses se présentent maintenant. Sylvia n'a pas tué Mabelle… c'est Mabelle qui a tué Sylvia.

Poirot secoua la tête d'un air contrarié. Il n'arrivait toujours pas à associer Mlle Sainsbury Seale à un meurtre. Pourtant, à ses oreilles, résonnait encore la petite voix narquoise de M. Barnes : « Il faut toujours se méfier a priori des gens insoupçonnables. »

Et Mlle Sainsbury Seale lui était apparue éminemment insoupçonnable…

— J'aurai le fin mot de cette histoire ! s'écria Japp. Cette femme ne va pas s'en tirer comme ça.

*

Le lendemain, Japp téléphona. Il avait une drôle de voix.

— Vous voulez connaître la dernière, Poirot ? Rideau, mon vieux, kaput !

— Pardon ? La ligne doit être mauvaise. Je ne comprends pas un traître mot de ce que vous me chantez.

— C'est fini, mon vieux ! F-i-Fi, N-i-Ni ! On tire l'échelle. On ferme boutique et on se tourne les pouces !

L'amertume dans sa voix était palpable. Poirot en fut saisi.

— Qu'est-ce qui est fini ?

— Tout ce satané cinéma ! Les révélations sensationnelles, la publicité et tout le bataclan !

— Je ne comprends toujours pas.

— Alors, écoutez. Écoutez bien parce que je ne peux pas prononcer de noms. Vous vous souvenez de nos recherches ? Vous vous rappelez que j'ai fait passer le pays au peigne fin pour retrouver cette créature volante ?

— Volante ? hésita Poirot. Oh ! oui, bien sûr !

— Bon, eh bien, c'est annulé. On étouffe le coup. Silence dans les rangs. Est-ce que vous comprenez, maintenant ?

— Oui. Mais pourquoi ?

— Injonction du Foreign Office, voilà pourquoi !

— Mais, dites-moi, ce n'est pas banal, ça ?

— Non, mais ça arrive de temps à autre...

— Mais pourquoi tant d'indulgence envers Mlle... pourquoi laisser voler notre oiseau ?

— Oh, il ne s'agit pas de ça. Elle n'a aucune importance. C'est la publicité... Si Mlle... si l'oiseau en question comparaissait, il pourrait y avoir un peu trop de publicité autour de Mme A. C., vous voyez ? Le cadavre. Et ça, c'est top-secret ! Tout ce que je suppose, c'est que le fichu mari... M. A. C., vous me suivez ?

— Oui, oui.

— C'est qu'il est quelque part, à l'étranger, dans une situation délicate et qu'on ne voudrait pas gêner ses mouvements.

— Tsaaa !

— Qu'avez-vous dit ?

— Rien, mon ami, je me contentais de manifester ma contrariété.

— Ah bon. Pendant un instant, je vous ai cru enrhumé. Contrariété, oui ! J'emploierais volontiers un mot un peu plus imagé ! L'idée d'avoir laissé filer cette bonne femme me fait voir rouge !

— Elle ne s'en tirera pas comme ça, dit Poirot d'une voix doucereuse.

— Nous avons les mains liées, vous dis-je !

— Vous, peut-être… Pas moi !

— Ce bon vieux Poirot ! Alors vous allez continuer sur votre lancée ?

— Bien évidemment… Jusqu'à ce que mort s'ensuive.

— Hé ! ne plaisantez pas, mon vieux ! Si cette affaire se poursuit comme elle a commencé, vous n'allez pas tarder à recevoir une tarentule venimeuse par la poste !

« Jusqu'à ce que mort s'ensuive » ! marmonna Poirot en raccrochant. Pourquoi ai-je employé une expression aussi mélodramatique ? C'est complètement absurde !

*

La lettre arriva au courrier du soir. Une lettre dactylographiée, à l'exception de la signature.

Cher monsieur Poirot,

Vous m'obligeriez grandement en me rendant visite demain. Il se peut en effet que j'aie une mission à vous confier. Je vous propose 12 h 30, chez moi, à Chelsea. Si toutefois l'heure ne vous convenait pas, pourriez-vous le faire savoir à mon secrétaire ?

Merci de me pardonner cette invitation au pied levé.

Bien à vous,

Alistair Blunt

Poirot lissa la lettre et la relut. À cet instant, le téléphone sonna.

Hercule Poirot se flattait à l'occasion de ce que la seule sonnerie du téléphone lui suffisait le plus souvent pour deviner la nature du message.

Cette fois, il eut immédiatement la certitude qu'il ne s'agissait ni d'une erreur ni d'un ami – mais bien d'un appel important.

Il se leva et alla décrocher.

— Allô ? dit-il de son ton le plus courtois et avec son plus bel accent.

— Votre numéro, s'il vous plaît ? fit une voix impersonnelle.

— Whitehall 7272.

Il y eut un court silence, un déclic, puis une voix parla. Une voix de femme.

— Monsieur Poirot ?

— Lui-même.

— Monsieur Hercule Poirot ?

— Oui.

— Monsieur Poirot, vous venez de recevoir, ou allez recevoir très bientôt une lettre.

— Qui est à l'appareil ?

— Vous n'avez pas à le savoir.

— Fort bien. J'ai reçu, madame, par le courrier du soir, huit lettres et trois factures.

— En ce cas, vous savez de quelle lettre je parle. Vous ferez preuve de sagesse, monsieur Poirot, en refusant la mission que l'on veut vous confier.

— Ça, chère madame, c'est à moi seul d'en décider.

La voix se fit glaciale.

— Je vous préviens, monsieur Poirot, que nous ne tolérerons pas plus longtemps vos agissements. Ne vous mêlez pas de cette affaire !

— Et si je refuse ?

— Alors nous prendrons des dispositions pour mettre un terme à votre ingérence.

— Vous me menacez, chère madame !

— Nous vous enjoignons simplement d'agir avec sagesse. Dans votre intérêt.

— C'est trop de bonté !

— Il est hors de question que vous entraviez le cours des événements ou que vous mettiez un frein aux décisions prises. Alors ne mettez pas les pieds dans ce qui ne vous regarde pas ! Vous me comprenez ?

— Oh, très bien ! Cependant, voyez-vous, j'estime que la mort de M. Morley me regarde !

— Sa mort n'était qu'un accident de parcours, rétorqua sèchement la voix. Il entravait le bon déroulement de nos plans.

— C'était un être humain, madame, et il est mort avant son heure.

— Il n'avait aucune espèce d'importance.

— C'est là que vous vous trompez, dit Poirot – et sa voix était dangereusement calme.

— Il est seul responsable. Il n'a rien voulu entendre.

— Je ne veux rien entendre non plus.

— Alors vous êtes un imbécile.

Il y eut un déclic à l'autre bout du fil : on avait raccroché.

— Allô ? fit encore Poirot.

Puis il reposa le combiné. Inutile de se renseigner auprès du Central – il ne faisait pas de doute que l'appel provenait d'une cabine publique.

Ce qui l'intriguait, le troublait, c'était l'impression d'avoir déjà entendu cette voix. Il s'efforça de faire resurgir un souvenir insaisissable. Était-ce à Mlle Sainsbury Seale qu'il avait pensé ?

Dans son souvenir, Mabelle Sainsbury Seale avait la voix haut perchée, assez maniérée, théâtrale. Là, rien de commun – et pourtant, ç'aurait pu être Mlle Sainsbury Seale déguisant sa voix. Après tout, elle avait été comédienne, elle devait pouvoir faire ça sans difficulté. Le timbre de la voix mystérieuse n'était pas si différent, au fond…

Mais il n'était pas satisfait de cette explication. Non, c'était à quelqu'un d'autre qu'il avait pensé – quelqu'un qu'il ne connaissait qu'à peine, mais qu'il était sûr d'avoir déjà entendu une fois, deux fois peut-être.

Pourquoi prendre la peine de lui téléphoner pour le menacer ? Ces gens croyaient-ils sérieusement que des menaces suffiraient à le dissuader ? Apparemment, oui. C'était mal le connaître !

*

Le lendemain matin, les journaux rapportaient une nouvelle à sensation : on avait tiré, la veille au soir, sur le Premier ministre alors qu'il sortait du 10, Downing Street en compagnie d'un ami. Par chance, la balle s'était égarée. L'homme, un Indien, avait été appréhendé.

Dès qu'il eut pris connaissance des détails, Poirot fila en taxi à Scotland Yard, où on le conduisit au bureau de l'inspecteur Japp.

Celui-ci le salua cordialement.

— Ah ! vous êtes venu. J'en étais sûr. Les journaux mentionnent-ils le nom de l' « ami » qui était avec le Premier ministre ?

— Non. Qui était-ce ?

— Alistair Blunt.

— Pas possible.

— Et, poursuivit Japp, nous avons de bonnes raisons de croire que c'est à lui que la balle était destinée. Sauf, bien sûr, si l'homme est encore plus mauvais tireur que nous ne le pensons !

— De qui s'agit-il ?

— D'une espèce de cinglé. Un étudiant hindou. Un demeuré, comme d'habitude, et qui a été manipulé. Pas le genre à avoir tout seul une idée pareille… Entre parenthèses, il a bien failli nous glisser entre les doigts ! Vous savez, il y a toujours un petit attroupement devant le 10. Juste après le coup de feu, un jeune Américain a sauté sur un barbu en hurlant qu'il tenait le coupable. Pendant ce temps-là, l'Indien filait tranquillement. Mais un de nos hommes l'a quand même épinglé.

— L'Américain, qui était-ce ? interrogea vivement Poirot.

— Un dénommé Raikes. Pourquoi ?...

Japp s'interrompit, fixant Poirot.

— Qu'y a-t-il ?

— Howard Raikes, séjournant actuellement au Holborn Palace Hotel ?

— Exact. Comment ?... Mais bien sûr ! Je me disais aussi que ce nom ne m'était pas inconnu ! C'est ce patient qui est parti sans attendre son tour le matin où Morley s'est tué...

Il réfléchit un instant.

— Curieux comme cette affaire ne cesse de revenir sur le tapis ! Vous avez toujours votre idée là-dessus, n'est-ce pas ?

— Oui, répondit gravement Poirot. J'ai toujours mon idée...

*

À Gothic House, Poirot fut reçu par le secrétaire, grand jeune homme lymphatique aux manières exquises.

— Vous me voyez navré, monsieur Poirot, dit-il avec une politesse suave, et M. Blunt tient à vous exprimer son regret le plus sincère, mais il a dû se rendre à Downing Street – fâcheuse conséquence de cet... euh... incident d'hier soir. J'ai téléphoné chez vous – hélas ! vous veniez de sortir. M. Blunt m'a chargé de vous demander si vous accepteriez de passer le week-end en sa compagnie dans sa propriété du Kent. À Exsham, pour être précis. Si toutefois vous en êtes d'accord, il se propose de vous prendre chez vous demain en fin d'après-midi.

Devant l'air hésitant de Poirot, le jeune homme se permit d'insister :

— M. Blunt est infiniment désireux de vous voir, monsieur.

— Très bien, acquiesça Poirot. C'est d'accord.

— Magnifique ! M. Blunt sera enchanté. S'il passait vous prendre vers 17 h 45, est-ce que cela vous convient... Oh ! bonjour, madame Olivera...

La plantureuse mère de Jane Olivera venait de faire son entrée. Manifestement sur son trente et un, elle portait, niché au creux d'une coiffure distinguée un petit chapeau incliné sur l'œil.

— Ah ! Monsieur Selby ! M. Blunt vous a-t-il donné des instructions pour les chaises de jardin ? Je n'ai pas réussi à lui en parler hier soir et, puisque nous sommes absents pour le week-end, je...

Julia Olivera n'acheva pas sa phrase : elle venait d'aviser Poirot.

— Monsieur Poirot, connaissez-vous Mme Olivera ? s'empressa le secrétaire.

— J'ai déjà eu la joie de rencontrer Madame, répondit Poirot en se fendant d'une courbette.

— Oh ? Comment allez-vous ? dit-elle, manifestant la plus totale indifférence. Je le sais bien, monsieur Selby, qu'Alistair est très occupé et qu'il n'accorde que peu d'importance à ces menus problèmes domestiques, mais j'estime tout de même que...

— Ne vous inquiétez pas, madame Olivera, intervint l'efficace jeune homme. M. Blunt m'en a touché un mot et j'ai téléphoné chez Deevers à ce sujet.

— Eh bien, vous me délivrez là d'un réel souci, monsieur Selby. Pourriez-vous me dire, à présent…

Et Mme Olivera de continuer à caqueter tout son soûl. Une poule qui picore, pensa Poirot. Une grosse poule bien dodue! Toujours caquetante et se rengorgeant, elle finit cependant par se diriger vers la porte.

— … et si vous êtes certain que nous serons strictement entre nous ce week-end…

M. Selby toussota.

— Hum!… M. Poirot sera également des nôtres.

Mme Olivera se figea, fit volte-face et toisa Poirot d'un œil écœuré.

— Qu'est-ce que vous me racontez là?

— M. Blunt a eu l'extrême bonté de m'inviter, dit Poirot.

— Eh bien, ça, par exemple! Voilà qui m'étonnerait beaucoup de la part d'Alistair! Vous m'excuserez, monsieur Poirot, mais M. Blunt m'a bien précisé qu'il désirait passer un week-end tranquille, en famille!

M. Selby intervint non sans fermeté :

— M. Blunt n'en est pas moins particulièrement désireux de passer ce week-end en compagnie de M. Poirot.

— Ah vraiment? Il ne m'a rien dit de tel, à moi!

La porte s'ouvrit. Et Jane s'encadra dans l'embrasure.

— Mère! s'emporta-t-elle. Vous venez, oui ou non? Nous sommes attendues pour déjeuner à 13 h 15!

— J'arrive, Jane. Ne sois pas si impatiente.

— Alors, remuez-vous, bon sang !… Oh, bonjour, monsieur Poirot.

Elle s'était figée, toute vivacité enfuie, le regard méfiant.

— M. Poirot vient à Exsham pour le week-end, annonça Mme Olivera d'une voix glaciale.

— Oh… je vois.

Jane s'effaça pour laisser sa mère franchir le seuil. Sur le point de la suivre, elle se retourna.

— Monsieur Poirot !

Sa voix était impérieuse. Poirot s'en fut la rejoindre.

— Vous venez à Exsham ? l'interrogea-t-elle à mi-voix. Pourquoi ?

Poirot haussa les épaules.

— Délicate attention de votre oncle.

— Mais il ne peut pas savoir… Non, c'est impossible… Quand vous a-t-il invité ? Oh, mais ce n'est pas la peine de…

— Jane !

C'était la voix de sa mère, qui s'impatientait dans le hall.

— Ne venez pas, chuchota la jeune fille d'un ton pressant. Je vous en prie, monsieur Poirot, ne venez pas.

Sur quoi elle sortit en coup de vent.

Poirot entendit aussitôt les échos d'une dispute. Et la voix criarde et caquetante de Mme Olivera :

— Je ne tolérerai pas plus longtemps que tu te montres aussi grossière, Jane… Je vais prendre des dispositions pour mettre un terme à tes agissements…

— Nous disons donc un peu avant 18 heures, demain soir, monsieur Poirot ? était en train de dire le secrétaire.

Poirot acquiesça d'un air absent. Il avait l'air de l'homme qui vient de voir un fantôme. Mais c'était ses oreilles, et non ses yeux, qu'il ne parvenait pas à croire.

Deux des phrases qu'il venait de surprendre étaient pratiquement semblables à celles qu'il avait entendues la veille au téléphone – et il savait maintenant pourquoi la voix lui avait paru vaguement familière.

Il se retrouva à la lumière du soleil, complètement décontenancé.

Mme Olivera ?

Mais ça ne tenait pas debout ! Ça ne pouvait quand même pas être *Mme Olivera* qui l'avait menacé au téléphone !

Cette femme du monde stupide, avide, intéressée, égocentrique et sans cervelle ? Cette… comment l'avait-il définie, au fait ?

— Cette grosse poule bien dodue ? C'est grotesque !

Ses oreilles avaient dû l'abuser.

Et pourtant…

*

La Rolls passa prendre Poirot un peu avant 18 heures, ainsi qu'il en avait été convenu.

Alistair Blunt et son secrétaire en étaient les seuls occupants. Mme Olivera et Jane les avaient, semblait-il, précédés dans une autre voiture.

Le voyage se déroula sans incident. M. Blunt parla un peu – de son jardin, surtout, ainsi que d'une récente exposition d'horticulture.

Poirot l'ayant félicité d'avoir échappé à l'attentat, Blunt se récria :

— Oh, ça ! Je ne crois pas que ce garçon m'avait pris pour cible plutôt qu'un autre. De toute façon, le pauvre diable n'avait manifestement pas l'air de savoir viser ! Encore un de ces étudiants illuminés. Ils ne sont pas bien dangereux. Ils se montent la tête et s'imaginent qu'en tirant à l'aveuglette en direction du Premier ministre, ils vont changer le cours de l'Histoire. C'est assez pathétique, au fond.

— Il y a eu d'autres tentatives d'attentat dirigées contre vous, si je ne m'abuse ?

— Voilà qui sonne de manière bien mélodramatique, dit Blunt avec l'ombre d'un sourire. J'ai, en effet, reçu par la poste un colis piégé, il n'y a pas très longtemps. Un engin fort inefficace. Enfin, voyons ! Comment ces gens qui veulent prendre en main les destinées du monde peuvent-ils se croire capables d'accomplir des miracles ? Ils n'arrivent même pas à fabriquer une bombe qui explose !

Il secoua la tête.

— C'est toujours la même chose : des cheveux longs, un idéalisme fumeux – et pas l'ombre d'une connaissance pratique. Je ne suis pas un type brillant, mais je sais lire, écrire et compter. Vous voyez ce que je veux dire ?

— Je crois que oui, mais précisez quand même le fond de votre pensée.

— Eh bien, si je lis quelque chose qui est écrit dans ma langue, je suis à même d'en comprendre le sens – je ne parle pas ici de textes abscons, de théories savantes ou de philosophie transcendantale, mais du langage courant, pratique – alors que la plupart des gens en sont incapables ! S'il me prend l'envie d'écrire quelque chose, je suis à même d'exprimer ce que je veux dire – ce qui, d'après ce que j'ai vu, n'est pas le cas de la grande majorité non plus ! Et, comme je vous le disais, je maîtrise l'arithmétique élémentaire. Si Jones a huit bananes et que Brown lui en prend dix, combien en restera-t-il à Jones ? Voilà le genre de problème dont les gens prétendent que la réponse est simple. Seulement ils ne voient pas, *primo,* que Brown ne peut pas faire ça et, *secundo,* que le résultat ne sera jamais un surplus de bananes !

— Ils préfèrent que la question soit réglée par un tour de passe-passe ?

— Exactement. Notez que les politiciens ne valent guère mieux. Mais moi, j'ai toujours brandi le sacro-saint bon sens. Au bout du compte, c'est toujours lui qui l'emporte, vous savez.

» Mais je ne devrais pas parler boutique, ajouta-t-il avec un petit rire embarrassé. C'est là une mauvaise habitude. De surcroît, j'aime laisser mes affaires derrière moi quand je quitte Londres. Je brûle depuis longtemps, monsieur Poirot, d'entendre le récit de quelques-unes de vos aventures. Je lis des tas de romans policiers, vous savez. Pensez-vous qu'il y en ait de fidèles à la réalité ?

Et, pendant le reste du voyage, la conversation roula sur les énigmes les plus spectaculaires résolues par Hercule Poirot. Avide de détails, Alistair Blunt se montrait aussi passionné qu'eût pu l'être un enfant.

Cette agréable atmosphère fut considérablement refroidie dès leur arrivée à Exsham où, derrière son buste abondant, Mme Olivera irradiait une réprobation glacée. Ignorant Poirot autant qu'il lui était possible, elle n'adressa la parole qu'à son hôte et à M. Selby.

Ce dernier montra sa chambre au détective.

La maison était charmante, de dimension moyenne et meublée avec le raffinement discret que Poirot avait observé à Londres. Tout y était coûteux mais simple, et la vaste fortune qui s'y abritait ne se manifestait que dans l'aisance moelleuse qui présidait à cette simplicité. Le service était admirable – la cuisine, anglaise et non continentale, ainsi que les vins ravirent le palais averti de Poirot. Ils eurent un consommé parfait, de la sole grillée, une selle d'agneau accompagnée de petits pois du jardin et finirent par des fraises à la crème.

Poirot était si enchanté de ces plaisir terrestres que c'est à peine s'il prêta attention à la persistante froideur de Mme Olivera ainsi qu'à l'impertinence brutale de sa fille. Jane manifestait en effet à son égard une franche hostilité. Ce n'est que vers la fin du dîner que Poirot, brumeusement, se demanda pourquoi.

Le dessert s'achevait quand Blunt, balayant la table d'un regard étonné, demanda à Mme Olivera :

— Helen ne devait pas dîner avec nous, ce soir ?

L'opulente Julia Olivera pinça les lèvres.

— Cette chère Helen en a trop fait dans le jardin. Je lui ai suggéré de se mettre au lit sans plus attendre au lieu de se donner le mal de s'habiller pour nous rejoindre. Elle s'est rangée à mon avis.

— Oh, je vois, dit Blunt d'un air indécis et quelque peu déconcerté. Moi qui me disais que les week-ends lui faisaient un peu de changement…

— Helen est une âme simple, elle aime se coucher tôt, décréta Mme Olivera d'un ton définitif.

Quand Poirot rejoignit les dames au salon – Blunt s'entretenant quelques instants avec son secrétaire –, il entendit Jane qui disait à sa mère :

— Oncle Alistair n'a pas apprécié votre manière cavalière d'escamoter Helen Montressor, mère.

— Allons donc ! Alistair est trop bon. C'est très joli, les parents pauvres – et c'est très gentil à lui de lui avoir laissé le cottage gratuitement –, mais de là à l'avoir à dîner chaque week-end, c'est absurde ! Ce n'est qu'une cousine au deuxième degré, et encore. J'estime qu'Alistair n'a pas à se laisser envahir !

— Je la crois fière, à sa façon, dit Jane. Elle abat beaucoup de besogne, au jardin.

— Cela dénote une très bonne tournure d'esprit, répondit paisiblement Mme Olivera. Les Écossais sont très indépendants, et on se doit de les en féliciter.

Elle s'installa confortablement sur le canapé et, toujours sans prêter la moindre attention à Poirot, ajouta :

— Apporte-moi la revue des potins, ma chérie. On y parle de Loïs Van Schuyler et du guide marocain qu'elle vient de se dénicher.

Alistair Blunt apparut enfin sur le seuil.

— Allons dans mon bureau, monsieur Poirot, dit-il.

Le sanctuaire d'Alistair Blunt était une pièce longue et basse, située à l'arrière de la maison et dont les fenêtres ouvraient sur le jardin. Une pièce confortable, avec des fauteuils profonds et juste ce qu'il fallait de désordre pour qu'on s'y sente bien.

Hercule Poirot – faut-il le préciser? – eût préféré davantage de symétrie!

Blunt offrit une cigarette à son hôte, alluma sa pipe et entra dans le vif du sujet sans plus de préambule.

— Il y a beaucoup de choses qui me déplaisent dans cette histoire – je parle de cette dame Sainsbury Seale. Pour des raisons qui leur appartiennent – et qui sont à coup sûr parfaitement justifiées –, les autorités ont décidé d'abandonner les recherches. Je ne sais pas au juste qui est Albert Chapman ni ce qu'il fait – mais, quoi que ce puisse être, cela semble très important et cette affaire pourrait apparemment le mettre en mauvaise posture. Je n'en connais pas les tenants et les aboutissants, mais le Premier ministre m'a laissé entendre que toute publicité était exclue et que plus vite on l'oubliera, mieux cela vaudra.

« Je n'ai rien à redire à ça. C'est la position officielle, dictée par des intérêts supérieurs. La police a donc les mains liées.

Il se pencha en avant.

— Seulement, moi, je veux connaître la vérité, monsieur Poirot. Et vous, vous n'êtes pas un fonctionnaire : vous avez les coudées franches. Ce qui revient à dire que vous êtes l'homme qu'il me faut.

— Qu'attendez-vous de moi, monsieur Blunt ?

— Je veux que vous retrouviez cette Mlle Sainsbury Seale.

— Morte ou vive ?

Les sourcils d'Alistair Blunt se haussèrent.

— Vous pensez qu'elle pourrait être morte ?

Poirot garda le silence une bonne minute avant de répondre en pesant ses mots :

— Si vous voulez mon opinion - mais ce n'est qu'une opinion - alors, oui, je pense qu'elle est morte...

— Qu'est-ce qui vous le fait penser ?

Hercule Poirot eut un léger sourire.

— Si je vous disais que c'est une paire de bas neufs dans un tiroir, vous ne me croiriez pas.

Alistair Blunt ne cacha pas son étonnement.

— Vous êtes un homme peu banal, monsieur Poirot.

— Très peu banal. À savoir que je suis méthodique, ordonné, logique et que je déteste voir déformer les faits pour les faire coïncider avec une théorie. Tout cela, je m'en rends compte, est bel et bien hors du commun.

— J'ai tourné et retourné toute cette histoire dans ma tête, monsieur Poirot. Il me faut toujours un certain laps de temps pour me forger une opinion. Et cette affaire est bizarre de bout en bout : le dentiste qui se tire une balle dans la tête, cette Mme Chapman emballée dans sa malle à fourrures, le visage écrasé... Tout cela sent mauvais! Très mauvais! Je ne peux pas m'empêcher de penser qu'il y a quelque chose derrière.

Poirot approuva.

— Et plus j'y pense, poursuivit Blunt, plus je suis persuadé que cette personne n'a jamais connu ma femme. Ce n'était qu'un prétexte pour m'aborder, moi. Mais pourquoi? Qu'est-ce que ça lui a rapporté? Je veux dire... à part cinq livres de souscription qui ne lui étaient même pas destinées personnellement. Voyez-vous, j'ai le sentiment que... que me rencontrer comme ça, «inopinément», devant chez moi était prémédité. C'était si bien réglé, si exactement minuté! Mais pourquoi? C'est ce que je ne cesse de me demander : pourquoi?

— C'est en effet le mot qui convient – pourquoi? Moi aussi, je me le demande – et je ne vois pas. Non, je ne vois pas.

— Vous n'avez pas la moindre idée?

Poirot eut un geste exaspéré.

— J'ai des idées complètement idiotes. Je me dis que c'était peut-être un stratagème pour vous désigner à quelqu'un, pour vous montrer. Mais c'est absurde. Vous êtes un homme connu, et il est de toute façon bien plus simple de dire : «Vous avez vu? C'est lui – l'homme qui vient de passer cette porte.»

— Et, encore une fois, pourquoi diable voudrait-on me désigner à qui que ce soit?

— Monsieur Blunt, essayez de penser à ce qui s'est passé ce matin-là avec M. Morley. Rien, dans ses propos, ne vous a paru inhabituel? Rien ne vous vient à l'esprit qui pourrait nous fournir un indice?

Alistair Blunt réfléchit, puis secoua la tête.

— Désolé, je ne vois rien.

— Vous êtes bien sûr qu'il n'a pas mentionné cette femme – cette Mlle Sainsbury Seale ?

— Certain.

— Ni l'autre femme – Mme Chapman ?

— Non… non. Nous n'avons pas du tout parlé de gens. Nous avons parlé roses, jardins en manque de pluie, vacances, un point c'est tout.

— Et personne n'est entré dans le cabinet pendant que vous y étiez ?

— Attendez… Non, je ne crois pas. Les autres fois, je me souviens qu'il y avait une jeune femme – une jeune femme blonde. Mais pas ce jour-là. Oh ! ça me revient : un autre dentiste est entré – un type qui avait l'accent irlandais.

— Qu'a-t-il dit ou fait ?

— Il a juste posé une question à Morley et il est ressorti. Morley s'est montré un peu sec, je crois bien. Il n'est resté qu'une ou deux minutes.

— Et il n'y a rien d'autre dont vous vous souveniez ? Rien du tout ?

— Non. Morley m'a paru absolument normal.

— Moi aussi, je l'ai trouvé absolument normal, murmura Poirot d'un air songeur.

Il y eut un long silence. Puis Poirot reprit :

— Vous souviendriez-vous d'un jeune homme qui était dans la salle d'attente en même temps que vous ?

Alistair Blunt fronça les sourcils.

— Laissez-moi réfléchir… Oui, il y avait un jeune homme, en effet – assez agité, d'ailleurs. Mais, en dehors de ça, je ne me souviens guère de lui. Pourquoi ?

— Pourriez-vous le reconnaître ?

Blunt fit non de la tête.

— Je l'ai à peine regardé.

— Il n'a pas essayé d'engager la conversation avec vous ?

— Pas du tout.

La curiosité se lisait sur le visage de Blunt.

— Où voulez-vous en venir ? Qui est ce jeune homme ?

— Il s'appelle Howard Raikes.

Poirot était à l'affût de la moindre réaction. Il n'y en eut pas.

— Serais-je censé connaître ce nom ? Aurais-je déjà rencontré M. Raikes ailleurs ?

— Je ne crois pas que vous l'ayez déjà rencontré. C'est un ami de votre nièce, Mlle Olivera.

— Oh ! un des amis de Jane...

— Sa mère, ai-je cru comprendre, ne voit pas cette amitié d'un bon œil.

— Je doute fort que ce soit de nature à impressionner Jane, répondit distraitement le banquier.

— Mais sa mère a pris la chose tellement à cœur qu'elle a, je crois, fait traverser l'Atlantique à sa fille dans le seul but de l'éloigner de ce jeune homme...

— Oh ! (Le visage de M. Blunt s'éclaira.) Il s'agit donc de ce garçon-là ?

— Tiens, tiens ! cela commence à vous intéresser !

— C'est, à tous points de vue semble-t-il, un individu à éviter. Et qui trempe dans tout un tas d'activités subversives.

— D'après ce que m'a dit Mlle Olivera, il avait pris rendez-vous ce matin-là à Queen Charlotte Street à seule fin de vous apercevoir.

— Dans l'espoir de se faire bien voir de moi ?

— Euh… pas exactement. L'idée, si j'ai bien compris, était plutôt de l'amener à plus d'indulgence envers vous.

— Ça, par exemple ! Il y en a qui ne manquent pas d'audace !

Poirot réprima un sourire.

— Il semble que vous soyez tout ce qu'il réprouve.

— Ce qu'il y a de sûr, c'est qu'il s'agit du genre d'individu que moi je réprouve ! Le genre qui passe son temps à se tourner les pouces et à déplacer de l'air avec de grands discours au lieu de s'occuper à un travail digne de ce nom !

Poirot se tint coi une minute. Puis il s'enquit :

— Me permettez-vous de vous poser une question indiscrète et très personnelle ?

— Posez.

— En cas de décès, quelles sont vos dispositions testamentaires ?

Blunt sursauta.

— Pourquoi voulez-vous savoir ça ? demanda-t-il d'un ton roide.

Poirot haussa les épaules.

— Parce qu'il n'est pas exclu que ça ait un rapport avec cette affaire.

— Des bêtises !

— Peut-être, mais peut-être pas.

— Je crains que vous ne poussiez un peu loin le mélodrame, monsieur Poirot, dit Blunt non sans froideur. Personne n'a tenté de me tuer moi, que je sache.

— Une bombe au petit-déjeuner... un coup de feu dans la rue...

— Oh, ça ! Tous ceux qui jouent un rôle dans les finances internationales s'exposent à ce genre d'attention de la part d'une poignée de fanatiques cinglés !

— Et s'il s'agissait de quelqu'un qui n'est ni fanatique ni cinglé ?

Blunt le regarda fixement.

— Où voulez-vous en venir ?

— En termes simples, à qui profiterait votre mort ?

— En majeure partie à l'hôpital St Edward, l'Institut de recherche sur le cancer et l'Institut royal des aveugles, dit Blunt avec un sourire forcé.

— Ah !

— Je laisse en outre une certaine somme à ma nièce par alliance, Mme Julia Olivera ; une somme similaire, mais en fidéicommis, à sa fille, Jane Olivera ; enfin une pension substantielle à ma seule parente encore vivante, une cousine au second degré, Helen Montressor, qui s'est retrouvée dans la gêne et qui vit ici, dans un petit cottage.

Il se tut, puis précisa :

— Cela, monsieur Poirot, est strictement confidentiel.

— Bien entendu, cher monsieur, bien entendu !

— J'imagine que vous ne suggérez tout de même pas, monsieur Poirot, ajouta Blunt d'un ton sarcastique, que Julia, ou Jane, ou ma cousine Helen Montressor projettent de m'assassiner pour hériter ?

— Je ne suggère rien – rien du tout.

La légère irritation de M. Blunt sembla retomber.

— En tout état de cause, monsieur Poirot, accepterez-vous la mission dont je vous ai parlé ?

— Et qui consiste à retrouver Mlle Sainsbury Seale ? Bien sûr que je l'accepte !

Le ton d'Alistair Blunt redevint tout aussitôt cordial.

— Vous m'en voyez ravi.

*

En sortant du bureau, Poirot faillit heurter une silhouette élancée.

— Mille pardons, chère mademoiselle.

Jane Olivera s'écarta d'un pas.

— Savez-vous ce que je pense de vous, monsieur Poirot ?

— À dire vrai, mademoiselle…

Elle ne lui laissa pas le temps de finir. Sa question, manifestement, n'était que de pure rhétorique.

— Un fouinard, voilà ce que vous êtes ! Un infâme petit fouinard plus bas que terre, qui fourre son nez partout et sème la zizanie sur son passage !

— Mademoiselle, je vous assure que…

— Oh ! je le sais très bien, ce que vous cherchez ! Et je sais très bien maintenant quels mensonges vous débitez ! Pourquoi ne pas l'admettre franchement ? Mais j'aime autant vous prévenir, vous ne trouverez rien… rien du tout ! Pour la bonne raison qu'il n'y a rien à trouver ! Personne ne va toucher un seul des précieux cheveux de mon cher oncle. Il n'a rien à craindre, lui. Il n'aura jamais rien à craindre. Tranquille comme Baptiste, repu et prospère – et tout juste bon à débiter des vérités premières ! L'Anglais moyen dans toute son horreur, voilà ce qu'il est – sans une once d'imagination, sans la moindre ouverture sur l'avenir.

Elle reprit son souffle, puis sa voix, baissant d'un ton, se fit venimeuse.

— Vous me soulevez le cœur, monsieur Poirot. Vous n'êtes qu'un sale petit détective bourgeois !

Sur quoi elle s'éclipsa dans un tourbillon de falbalas de haute couture.

Quant à Poirot, l'œil écarquillé et le sourcil en accent circonflexe, il resta planté là à se caresser les moustaches d'une main pensive.

L'épithète « bourgeois », il en convenait bien volontiers, lui seyait à ravir. Sa conception de l'existence était – et avait toujours été – intrinsèquement bourgeoise. Mais qu'elle lui soit lancée comme une injure par l'exquisement vêtue Jane Olivera, voilà, se dit-il, qui donnait « furieusement à penser ».

Et c'est tout songeur qu'il regagna le salon.

Mme Olivera y faisait une réussite.

Tout en le toisant du regard froid qu'elle aurait pu poser sur un cancrelat, elle murmura d'un ton distant :

— Valet de carreau sur dame de pique.

Douché, Poirot battit en retraite.

« Hélas ! songea-t-il non sans mélancolie, j'ai comme l'impression que plus personne ne m'aime ! »

Il gagna le jardin par la porte-fenêtre. La nuit était enchanteresse et l'air chargé du parfum magnifié des giroflées. Poirot s'en gorgea les poumons avec délice et suivit une allée qui s'enfonçait entre les massifs.

Au détour d'une courbe, il vit deux silhouettes s'écarter en toute hâte.

Son arrivée inopinée semblait avoir dérangé un couple d'amoureux.

Il pivota aussitôt sur ses talons et rebroussa chemin.

Même dehors, sa présence paraissait importune.

Il longea la fenêtre d'Alistair Blunt. Las ! Alistair Blunt était occupé à dicter du courrier à M. Selby.

À l'évidence, Hercule Poirot n'était ici nulle part à sa place.

Il s'en fut dans sa chambre.

Et, longtemps, médita sur toutes les incohérences de cette affaire.

S'était-il trompé en imaginant que la voix du téléphone était celle de Mme Olivera ? Il faut bien reconnaître qu'une telle idée était absurde !

Il se remémora les révélations mélodramatiques du tranquille petit M. Barnes. Il se demanda où pouvait bien se trouver le mystérieux M. Q.X. 912, alias Albert Chapman. Il se souvint avec contrariété du regard anxieux d'Agnes, la petite bonne…

C'était toujours la même chose : les gens ne pouvaient s'empêcher de garder pour eux ce qu'ils savaient. Bien sûr, il s'agissait la plupart du temps de détails parfaitement insignifiants. Mais tant qu'ils encombraient le chemin, comment diable progresser en ligne droite ?

Or, pour le moment, la ligne était tout sauf droite !

Et l'élément le plus incompréhensible, qui empêchait toute vision nette, toute progression méthodique, était ce qu'en lui-même il appelait le paradoxe impossible de Mlle Sainsbury Seale. Car si les faits qu'il avait observés étaient bien des faits avérés, alors plus rien n'avait de sens!

«Se pourrait-il que je vieillisse?» se demanda Hercule Poirot, stupéfait de cette pensée.

ONZE, DOUZE : LES GARÇONS BÊCHENT

Après une nuit agitée, Hercule Poirot fut debout et d'attaque aux aurores. Le temps était splendide et il refit sa promenade de la veille au soir.

Les plates-bandes d'herbacées regorgeaient de fleurs épanouies, et bien que, pour sa part, Poirot eût une inclination pour une architecture florale plus stricte – un bel alignement de géraniums rouges, par exemple, tels qu'on peut en admirer à Ostende –, il se rendait compte qu'il avait sous les yeux la quintessence du jardin anglais.

Il poursuivit son chemin à travers une roseraie, dont la plantation en massifs bien ordonnés l'enchanta, puis le long des allées sinueuses d'un jardin de rocaille, et parvint finalement à un potager ceint de murs.

Il y entrevit une femme d'allure énergique, vêtue de tweed, cheveux et sourcils noirs, en train de parler d'une voix lente aux inflexions écossaises à un individu qui était manifestement le chef jardinier. Lequel chef jardinier, observa Poirot, ne semblait guère apprécier ladite conversation.

Une note sarcastique se fit entendre dans la voix d'Helen Montressor, et Poirot s'esquiva prestement par une allée de côté.

Un jardinier en second qui, Poirot l'aurait juré, somnolait deux secondes plus tôt sur le manche de sa bêche, se remit à retourner la terre avec frénésie. Poirot s'approcha. L'homme, un garçon jeune, continuait de bêcher ardemment tout en tournant le dos à Poirot, qui s'était arrêté pour l'observer.

— Bonjour ! lança Poirot, aimable.

L'autre marmonna un « 'jour, m'sieur » sans cesser de travailler.

Poirot en fut quelque peu étonné. Sa longue expérience lui avait appris qu'un jardinier, même désireux de prouver son ardeur à la tâche, était toujours prêt à faire une pause pour parler de la pluie et du beau temps quand l'occasion s'en présentait.

Cela ne lui semblait pas très naturel. Il resta quelques instants à observer cette silhouette laborieuse. N'y avait-il pas quelque chose de familier dans ces épaules ? Ou bien se mettait-il à imaginer partout des voix et des épaules familières ? Était-il en train de vieillir, comme il s'en était effrayé la veille ?

Pensif, il s'éloigna, sortit de l'enceinte du potager et s'arrêta devant un talus planté d'arbustes qu'il considéra un instant.

Bientôt, telle une lune fantastique, un objet rond apparut lentement à la crête du mur du potager. Il s'agissait bien entendu du crâne ovoïde d'Hercule Poirot. Et tout aussitôt les yeux d'Hercule Poirot observèrent avec un vif intérêt le visage du jeune jardinier qui avait arrêté de bêcher et s'essuyait le front d'un revers de manche.

— Voilà qui est à la fois très curieux et fort intéressant, murmura Poirot, dont la tête disparut aussi discrètement qu'elle était apparue.

Il émergea d'entre les arbustes en brossant de la main feuilles et brindilles qui altéraient sa mise.

Oui, très curieux et fort intéressant, vraiment, que Frank Carter, qui avait un emploi de secrétaire hors de Londres, se trouvât là, à jouer les jardiniers au service de M. Alistair Blunt.

Tout à ses réflexions, Poirot entendit un coup de gong au loin et prit la direction de la maison.

En chemin, il tomba sur son hôte conversant avec Mlle Montressor, qui venait de sortir du potager par la porte du fond.

— C'est trrès aimable à vous, Alistairr, disait-elle d'une voix sonore et rocailleuse, mais je préfèrre ne pas venirr cette semaine, pendant que vos parrentes d'Amérrique sont là !

— Julia n'a aucun tact, plaida M. Blunt, mais je suis sûr qu'elle ne veut pas...

— Je trrouve trrès insultantes ses manièrres avec moi, et je ne suis pas prrête à accepter cela ni d'une Amérricaine ni de personne! rétorqua Mlle Montressor en pivotant sur ses talons.

Elle s'éloigna et Poirot vint au devant d'un Alistair Blunt aussi déconfit que la grande majorité des hommes face à la colère de leur parentèle féminine.

— Les femmes sont vraiment terribles, dit-il d'un ton piteux. Belle journée, n'est-ce pas ?

Ils cheminaient ensemble vers la maison quand Blunt lâcha dans un soupir :

— C'est fou ce que ma femme me manque !

Dans la salle à manger, en s'asseyant à la table du petit-déjeuner, il s'adressa à la redoutable Julia :

— Je crains, Julia, que vous n'ayez froissé Helen.

— Les Écossais se froissent pour un rien, rétorqua roidement Mme Olivera.

Alistair Blunt afficha un air de détresse.

— Vous avez un jeune jardinier qui ne doit pas être là depuis très longtemps, hasarda Poirot.

— C'est bien possible, répondit Blunt. Oui, Burton, le troisième jardinier, est parti il y a environ trois semaines, et nous avons embauché ce garçon pour le remplacer.

— Savez-vous d'où il vient ?

— Absolument pas. C'est MacAlister qui l'a engagé. Lui ou un autre m'avait demandé de le prendre à l'essai, je crois. On me l'avait chaudement recommandé. J'en suis d'ailleurs assez surpris, parce que MacAlister prétend qu'il ne vaut pas grand-chose. Il ne veut pas le garder.

— Comment s'appelle-t-il ?

— Dunning… Sunbury… quelque chose dans ce genre-là.

— Serait-il indiscret de vous demander combien vous le payez ?

— Pas du tout. Deux livres quinze, je pense.

— Pas plus ?

— Certainement pas plus et peut-être même un peu moins.

— Alors, ça, c'est vraiment curieux, dit Poirot.

Alistair Blunt, intrigué, le regarda, mais la conversation fut interrompue par Jane Olivera qui feuilletait bruyamment le journal :

— On dirait qu'il y a des tas de gens qui veulent votre tête, oncle Alistair !

— Ah, tu lis le débat à la Chambre. Ce n'est rien – tout au plus Archerton qui part en guerre contre les moulins, comme d'habitude ! En matière de finances, je n'ai jamais rencontré quelqu'un qui ait des idées plus farfelues. Si on les mettait en pratique, l'Angleterre ferait faillite en une semaine !

— Vous ne voulez donc jamais rien essayer de nouveau ? fit Jane.

— Pas tant que le nouveau n'est pas mieux que l'ancien, ma chérie.

— Mais jamais vous pensez qu'il pourrait l'être ! Vous vous contentez de répéter : « Ce truc-là ne marchera pas. » Sans même essayer.

— Les expérimentateurs peuvent faire beaucoup de dégâts.

— D'accord, mais comment pouvez-vous vous satisfaire du monde tel qu'il est ? Avec tout ce gaspillage, ces inégalités, ces injustices... Il faut faire quelque chose !

— Tout bien considéré, dans ce pays, ça ne va pas si mal, tu sais, Jane.

Jane bondit.

— Ce qu'il nous faut, c'est un nouvel horizon, un monde nouveau ! s'enflamma-t-elle brusquement. Et vous, vous êtes là à manger vos rognons !

Elle se leva et se précipita dans le jardin par la porte-fenêtre.

Alistair parut un peu abasourdi et légèrement mal à l'aise.

— Jane a beaucoup changé, dit-il. D'où sort-elle toutes ces idées ?

— Ne faites pas attention à ce qu'elle raconte, dit Mme Olivera. Jane est une petite sotte. Vous savez comment sont les filles : elles vont à ces réunions bizarres où les jeunes gens portent des cravates invraisemblables, et elles rentrent chez elles en débitant un tas de bêtises.

— Oui, mais jusqu'ici Jane a toujours eu les pieds sur terre.

— C'est la mode, Alistair. Ces idées-là sont dans l'air !

— Oui, c'est le moins qu'on puisse dire, acquiesça Alistair Blunt, le visage soucieux.

Mme Olivera se leva, et Poirot lui ouvrit la porte. Elle s'en fut, la mine sombre.

— Ça ne me plaît pas, vous savez ! lança Blunt tout à trac. Tout le monde répète ce genre de choses. Et ça n'a aucun sens ! Du vent ! Sans arrêt on me lance cette incantation à la figure : un nouvel horizon, un monde nouveau ! Mais qu'est-ce que ça veut dire ? Ils se saoulent de mots – c'est tout ce qu'ils savent faire.

Un sourire lui vint, un peu triste.

— Je suis un des derniers de la vieille garde, vous savez.

— Si vous étiez… écarté, demanda Poirot avec curiosité, qu'arriverait-il ?

— Écarté ! Quelle façon d'exprimer ça ! (Son visage se fit grave :) Je vais vous le dire. Un ramassis d'imbéciles se lanceraient dans un tas d'aventures hasardeuses, et ce serait la fin de la stabilité, du bon sens, de la solvabilité. La fin de l'Angleterre telle que nous la connaissons…

Poirot hocha la tête. Il se sentait profondément en accord avec le banquier. Lui aussi, il attachait du prix à la solvabilité. Et il commença à voir sous un jour nouveau ce que représentait au juste Alistair Blunt. M. Barnes le lui avait dit, bien sûr, mais sur le moment il n'avait pas bien saisi. Brusquement, il se mit à avoir peur…

*

— J'ai fini mon courrier, annonça Blunt, plus tard dans la matinée. Maintenant, monsieur Poirot, je vais vous montrer mon jardin.

Les deux hommes sortirent, et M. Blunt parla avec animation de sa passion. Le jardin de rocaille, avec ses plantes alpines, était sa fierté. Ils y passèrent un long moment tandis que Blunt désignait à son hôte certaines espèces rares et délicates.

Poirot, les pieds emprisonnés dans ses meilleures bottines de cuir, écoutait patiemment. Avec moult précautions, il faisait passer son poids d'une jambe sur l'autre, grimaçant imperceptiblement sous la brûlure du soleil qui lui donnait l'impression que ses pieds étaient transformés en puddings géants.

Enfin, montrant diverses plantes au passage, son hôte l'emmena plus loin. Des abeilles bourdonnaient et on entendait, le cliquetis monotone d'un sécateur élaguant une haie de lauriers.

Tout était paisible et assoupi.

Blunt s'arrêta au bout de la haie. Le cliquetis du sécateur était tout proche même si l'élagueur restait invisible.

— Regardez la vue qu'on a d'ici, Poirot. Les œillets de poète sont particulièrement beaux, cette année. Je crois que je ne les ai jamais vus comme ça. Et là, ce sont des lupins – merveilleuses couleurs !

Pan ! La détonation brisa la paix matinale. Quelque chose déchira l'espace en sifflant rageusement.

Hébété, Alistair Blunt s'était tourné vers la haie d'où s'élevait une mince volute de fumée.

Il y eut une brusque explosion de fureur, les remous d'un corps à corps dans les lauriers. Puis un cri de victoire lancé par une voix indubitablement américaine :

— Je te tiens, canaille ! Lâche cette arme !

Deux hommes enchevêtrés surgirent à découvert. Le jeune jardinier qui plus tôt bêchait si industrieusement se débattait dans la poigne puissante d'un homme qui le dépassait d'une bonne tête. Poirot reconnut aussitôt ce dernier. La voix l'avait d'ailleurs déjà renseigné.

— Lâchez-moi ! glapit Frank Carter. Ce n'est pas moi, je vous dis !

— Ah non ? grinça Howard Raikes. Tu tirais les moineaux, peut-être !

Il regarda les deux hommes qui approchaient.

— Monsieur Alistair Blunt ? Ce gars-là vient de vous tirer dessus. Je l'ai pris sur le fait !

— Ce n'est pas vrai ! s'écria Frank Carter. Je taillais les lauriers. J'ai entendu un coup de feu et le pistolet est tombé à mes pieds. Je l'ai ramassé sans réfléchir... et ce malade m'a sauté dessus !

— Le pistolet était dans ta main et il venait de servir ! dit Howard Raikes d'une voix menaçante.

Dans un grand geste, il lança l'arme à Poirot.

— Voyons un peu ce que le privé a à dire ! Une chance que je t'aie attrapé à temps. Il doit bien y avoir encore quelques balles dans cet automatique !

— Exact, murmura Poirot.

Sourcils froncés, Alistair Blunt interpella le jardinier :

— Vous, là, Dunnon... Dunbury... quel est votre nom, au juste ?

— Cet homme s'appelle Frank Carter, intervint Poirot.

Carter se tourna vers lui avec hargne.

— Depuis le début, vous me cherchez ! L'autre dimanche, vous n'avez fait qu'essayer de me tirer les vers du nez. Je vous dis que ce n'est pas vrai. Je ne lui ai jamais tiré dessus.

— Qui l'aurait fait ? releva doucement Poirot en secouant la tête. Vous voyez bien qu'il n'y a personne d'autre que nous.

*

Jane arrivait en courant. Ses cheveux défaits flottaient derrière elle. Ses yeux étaient agrandis par la peur.

— Howard ? souffla-t-elle.

— Salut, Jane, dit l'Américain avec désinvolture. Je viens de sauver la vie de votre oncle !

— Oh !

Elle s'immobilisa.

— Vous ? C'est vous qui avez… ?

— Votre intervention a certainement été des plus… opportunes, Monsieur… euh…, hésita Blunt.

— Je vous présente Howard Raikes, oncle Alistair. C'est un ami à moi.

Blunt dévisagea le jeune homme… et sourit.

— Tiens ! Voici donc le petit ami de Jane ! Eh bien, je dois vous remercier.

Dans un halètement de locomotive en surchauffe, Julia fit son entrée en scène. Le souffle court, elle ahana.

— J'ai entendu un coup de feu. Est-ce qu'Alistair est… ? Mais…

Interdite, elle fixait Howard Raikes.

— Vous ? Mais, mais… comment osez-vous ?

— Howard vient de sauver la vie d'oncle Alistair, mère, coupa Jane d'une voix glaciale.

— Quoi ? Je…

— Cet homme a essayé de tirer sur oncle Alistair. Howard s'est jeté sur lui et l'a désarmé.

— Sales menteurs, bande de sales menteurs ! s'exclama rageusement Frank Carter.

Mâchoire pendante, Mme Olivera émit un « oh ! » inexpressif. Puis, le temps de reprendre contenance, elle se tourna vers Blunt.

— Mon cher Alistair ! Quelle horreur ! Dieu merci, vous n'avez rien. Mais ç'a dû être un choc terrible. Je… je crois bien que je vais m'évanouir. Pensez-vous qu'une larme de cognac, peut-être… ?

— Bien sûr, dit aussitôt Blunt. Rentrons.

Elle se pendit lourdement à son bras. Par-dessus son épaule, Blunt s'adressa à Poirot et à Howard Raikes :

— Pouvez-vous vous charger de cet homme ? Sitôt arrivés à la maison, nous appellerons la police.

Frank Carter ouvrit la bouche, mais aucun son n'en sortit. Il était blanc comme un linge et ses genoux tremblaient. Howard Raikes l'entraîna sans ménagement.

— Allez, avance !

— Ça n'est pas vrai… c'est un mensonge ! grogna encore Carter, et de manière peu convaincante.

Howard Raikes lança un regard à Poirot.

— Pour un superdétective, vous n'avez pas grand-chose à dire ! Qu'est-ce que vous attendez pour étaler votre science ?

— Je réfléchis, monsieur Raikes.

— À mon avis, il serait grand temps de vous y mettre ! Parce que cette histoire va vous coûter un client ! Si Alistair Blunt est encore vivant à l'heure qu'il est, ce n'est sûrement pas grâce à vous !

— Tandis que, vous, vous en êtes à votre seconde bonne action du genre, si je ne m'abuse, n'est-ce pas, monsieur Raikes ?

— Qu'est-ce que vous me chantez là ?

— Avant-hier, c'est bien vous, n'est-ce pas, qui avez ceinturé l'homme qui avait, pensiez-vous, tiré sur M. Blunt et le Premier ministre ?

— Euh, oui, c'est vrai. On dirait que ça devient une habitude.

— Seulement il y a une différence, souligna Poirot. La première fois, l'homme que vous avez attrapé n'était pas le bon. Vous aviez fait une erreur.

— Il vient d'en faire une autre, maugréa Frank Carter.

— La ferme, toi ! gronda Raikes.

En lui-même, Hercule Poirot se prit à murmurer :

— Je me demande…

*

Habillé pour dîner, Hercule Poirot mettait la dernière main à son nœud de cravate. Il jeta un regard maussade à son reflet dans la glace.

Il n'était pas content – mais il n'aurait pas su dire pourquoi. L'incident était on ne peut plus clair. Frank Carter avait bel et bien été pris la main dans le sac.

Ce n'était pas qu'il éprouvât le moindre intérêt, ni la moindre sympathie, pour Frank Carter. Non. Carter, estimait-il froidement, ne valait rien. C'était une vulgaire petite crapule, le genre d'individus qui plaisent aux femmes et qu'elles refusent de voir tels qu'ils sont, même et surtout quand cela crève les yeux.

Et son système de défense était d'une faiblesse consternante. Selon lui, il avait été contacté par des agents des Services secrets qui lui avaient offert un boulot de choix. Remplacer un jardinier, histoire de surveiller les faits et gestes des autres jardiniers de

M. Blunt. L'histoire était facile à démonter. Elle ne reposait sur aucun fondement.

Une fable minable, voilà ce que c'était. Typiquement le genre de boniment qui pouvait venir à l'idée d'un Carter, se dit Poirot.

Il n'avait rien à dire pour sa défense. Aucune explication à fournir, à part que quelqu'un d'autre avait dû tirer. Il répétait ça obstinément : on l'avait piégé.

Non, rien ne pouvait être retenu en sa faveur, sauf peut-être cette étrange coïncidence que, deux fois de suite, Howard Raikes s'était trouvé là au moment précis où une balle venait de manquer Alistair Blunt.

Mais ce n'était, à tout prendre, qu'une coïncidence. Ce n'était assurément pas Raikes qui avait fait feu lors de la tentative de Downing Street. Quant à la raison de sa présence à Exsham, elle était sans ambiguïté : il était venu là pour être près de sa belle. Non, il n'y avait aucune raison de mettre en doute son histoire à lui.

Évidemment, tout cela arrangeait pas mal les choses pour Raikes. Quand un homme vient de vous sauver la vie, il serait mal venu de lui fermer votre porte. Le moins que vous puissiez faire, au contraire, est de lui offrir votre hospitalité et votre amitié. Mme Olivera n'appréciait guère, mais elle avait bien été forcée d'admettre qu'il fallait se faire une raison.

L'indésirable ami de Jane avait mis le pied dans la maison, et il avait bien l'intention d'y rester !

Pendant toute la soirée, Poirot, méditatif, l'observa.

Il jouait son rôle en finesse. Gardant pour lui ses idées révolutionnaires, évitant de parler politique, il fit le récit plein de verve de ses vagabondages dans les contrées sauvages.

« Le loup a revêtu les habits de l'agneau, songeait Poirot. Mais qu'y a-t-il sous cette défroque ? Je me le demande… »

Ce soir-là, Poirot s'apprêtait à se coucher quand on frappa à sa porte.

— Entrez, dit-il.

Et Howard Raikes entra.

Il rit de l'expression de Poirot.

— Surpris de me voir ? Je vous ai observé toute la soirée. Je n'ai pas aimé l'air que vous aviez. L'air de… d'une araignée qui tisse sa toile.

— Et en quoi cela devrait-il vous inquiéter ?

— Je ne sais pas, mais ça me tracasse. Je me suis dit que vous aviez peut-être découvert des choses compromettantes.

— Et alors ? Et si n'était le cas ?

— Alors j'en suis arrivé à la conclusion que je ferais mieux de me mettre à table. À propos de l'autre jour, je veux dire. C'était un coup de bluff, c'est vrai ! Je regardais Sa Seigneurie sortir du 10, Downing Street, quand j'ai vu Ram Lal lui tirer dessus. Je connais bien Ram Lal. C'est un brave gosse. Il est un peu émotif, c'est vrai, et il tourne à l'écorché vif chaque fois qu'il est question des souffrances de son pays. Mais enfin, bon, il n'y a pas eu de casse, nos deux précieuses baudruches pensantes n'ont pas souffert – la balle est passée à des kilomètres –, sur quoi j'ai décidé de faire diversion pour laisser au gosse le temps de filer. J'ai ceinturé un malheureux bougre qui traînait par là et j'ai hurlé que je tenais le type qui avait fait le coup en espérant que Ram Lal avait pu se sauver. Mais les flics ont été plus rapides. Il lui sont tombés dessus en un clin d'œil. C'est comme ça que ça s'est passé.

— Et aujourd'hui? s'enquit Poirot.

— Ce n'est pas pareil. Aucun Ram Lal à l'horizon. Il n'y avait que Carter, et c'est bien lui qui a tiré! Il avait encore l'arme au poing quand je lui ai sauté dessus. Il s'apprêtait sûrement à tirer un deuxième coup.

— Vous teniez donc tellement à préserver la vie de M. Blunt?

Raikes eut un sourire désarmant.

— Un peu curieux, selon vous, après tout ce que je vous ai raconté l'autre jour? Bah! vous avez raison. Même si, à titre personnel, je le trouve plutôt bon bougre avec son genre tellement britannique, au nom du progrès et de l'humanité, j'estime que Blunt est un type qu'il faudrait éliminer. Seulement voilà, quand j'ai vu quelqu'un le prendre pour cible, j'ai bondi pour l'en empêcher. Ce qui prouve combien l'être humain est un animal illogique. C'est drôle, non?

— Entre la théorie et la pratique, il y a un abîme, c'est ça?

— C'est bien ça!

Howard Raikes se leva du lit où il s'était assis. Il souriait d'un air dégagé.

— Je me suis dit qu'il fallait que je vienne vous expliquer toute l'histoire.

Sur quoi il sortit de la chambre en refermant sans bruit la porte derrière lui.

*

— *Délivre-moi, Seigneur, de l'homme méchant – préserve-moi des hommes d'iniquité!* chantait Mme Olivera d'une voix ardente quoique un peu fêlée.

À la féroce conviction qu'elle y mettait, on ne pouvait douter que, pour elle, l'homme méchant avait les traits de Howard Raikes.

Poirot avait accompagné Blunt et la gent féminine à l'office religieux, dans l'église du village.

Howard Raikes avait dit d'un petit air moqueur : « Alors, comme ça, vous allez à l'église tous les dimanches, monsieur Blunt ? »

Ce à quoi Alistair Blunt avait répondu en marmonnant quelque chose sur ce qu'on attendait de vous à la campagne – on ne peut quand même pas laisser tomber le pasteur –, sentiment typiquement anglais qui avait rendu perplexe le jeune homme et amené un sourire complice sur les lèvres de Poirot.

Mme Olivera avait eu la délicatesse d'accompagner le banquier et enjoint à Jane d'en faire autant.

— *Ils aiguisent leur langue de serpent – ils ont du venin d'aspic sous les lèvres,* entonnèrent les enfants de chœur dans des aigus stridents.

Basses et ténors supplièrent avec entrain :

— *Garde-moi, Seigneur, de la main de l'impie – préserve-moi des hommes d'iniquité – qui méditent de me faire trébucher…*

Hercule Poirot s'essaya d'une voix de baryton incertaine :

— *Des orgueilleux ont tendu un lacet pour me prendre – ils ont noué les mailles d'un filet – ils ont dressé des embûches sur ma route…*

Il se figea, hébété.

Il venait de le voir – de voir le piège dans lequel il avait failli tomber…

Comme un homme en transe, Poirot restait pétrifié, la bouche ouverte, les yeux fixés dans le vide. Il resta planté là, tandis que les fidèles s'asseyaient dans un bruissement d'étoffes, jusqu'à ce que, finalement, Jane Olivera le tire par la manche en chuchotant un bref : « Asseyez-vous ! »

Il s'assit. Un vieux pasteur barbu psalmodia :

— *Ainsi commence le quinzième chapitre du premier Livre de Samuel…,* et se mit à le lire.

Mais Poirot n'entendit rien du châtiment des Amalécites.

Un lacet, les mailles d'un filet, un piège tendu sur son chemin, soigneusement préparé pour qu'il y tombe.

Il était pris d'un éblouissement, emporté dans une clarté glorieuse où des faits isolés tourbillonnaient follement avant d'aller se mettre en place.

C'était comme un kaléidoscope. Des boucles de soulier, des bas de taille 3, un visage écrasé, Alfred le groom aux lectures déplorables, les activités de M. Amberiotis, et le rôle joué par feu M. Morley, tous ces fragments s'envolèrent, tourbillonnèrent et se reposèrent dans un ordre cohérent.

Pour la première fois, Poirot voyait cette affaire dans la bonne perspective.

— *Car la rébellion est un péché comme la divination – et l'entêtement un crime comme l'idolâtrie. Puisque tu as rejeté la parole de Yahvé – Yahvé te rejette, et tu n'es plus roi… Ainsi s'achève la première leçon,* chevrota le vieux pasteur d'un seul souffle.

Comme dans un rêve, Hercule Poirot se leva pour louer le Seigneur dans le *Te Deum.*

TREIZE, QUATORZE : LES FILLES SE FONT FAIRE LA COUR

— Monsieur Reilly, si je ne m'abuse ?

Le jeune Irlandais tressaillit en entendant la voix à la hauteur de son épaule.

Il tourna la tête.

Juste à côté de lui, au guichet de la compagnie de navigation, se dressait un petit homme au crâne ovoïde et aux moustaches phénoménales.

— Peut-être ne vous souvenez-vous pas de moi ?

— Vous vous faites injure, monsieur Poirot. Vous n'êtes pas quelqu'un qu'on oublie facilement.

Il se retourna pour s'adresser à l'employé qui attendait, derrière son comptoir.

À la hauteur de son épaule, la voix murmura :

— Vous partez en vacances à l'étranger ?

— Pas en vacances, non. Et vous-même, monsieur Poirot ? Vous n'abandonnez pas l'Angleterre, j'espère ?

— Il m'arrive parfois d'aller faire des petits séjours chez moi, en Belgique.

— Je vais plus loin que ça, dit Reilly. Pour moi, c'est l'Amérique. Et je n'ai pas l'intention de remettre les pieds ici un jour.

— Je suis désolé de l'apprendre, monsieur Reilly. Ainsi donc, vous abandonnez votre clientèle de Queen Charlotte Street ?

— Vous seriez plus près de la vérité en disant que c'est elle qui m'abandonne.

— Vraiment ? C'est bien triste.

— Je ne vais pas en faire un drame. Quand je pense aux dettes que je vais laisser derrière moi, je nage dans la joie.

Il eut un franc sourire.

— Ce n'est pas moi qui me suiciderais pour des problèmes d'argent. Tire un trait et reprends tout à zéro, voilà ce que je me dis. J'ai des diplômes et, toute modestie mise à part, ils ont de la valeur.

— J'ai vu Mlle Morley, l'autre jour, murmura Poirot.

— Et ce fut un plaisir ? Non, sûrement pas. On n'a jamais vu femme plus revêche. Je me suis souvent demandé à quoi elle pourrait bien ressembler pompette – mais c'est ce que personne ne saura jamais.

— Êtes-vous d'accord avec les conclusions de l'enquête sur la mort de votre associé ?

— Absolument pas ! s'insurgea Reilly.

— Vous ne croyez pas qu'il ait pu faire une erreur de dosage ?

— Si Morley a vraiment injecté à ce Grec la dose qu'on prétend, de deux choses l'une : ou bien il était saoul, ou bien il avait l'intention de tuer ce type. Et je n'ai jamais vu Morley boire.

— Donc vous pensez que c'était un geste délibéré ?

— Non, je ne voudrais pas dire ça. C'est une accusation trop grave. Et puis, très franchement, je n'y crois pas une seconde.

— Il doit pourtant bien y avoir une explication…

— Évidemment, mais je n'ai pas encore trouvé laquelle.

— Quand avez-vous vu Morley vivant pour la dernière fois ?

— Voyons… C'est un peu loin pour me demander une chose pareille. La veille au soir, je crois. Vers 18 h 45.

— Vous ne l'avez pas vu le jour même du meurtre ?

Reilly secoua la tête.

— Vous en êtes bien sûr ? insista Poirot.

— C'est beaucoup dire. Mais je ne me souviens pas de…

— Vous ne seriez pas allé dans son cabinet vers 11 h 35, alors qu'il était avec un patient ?

— Mais si ! Vous avez raison ! J'avais une question technique à lui poser à propos d'une commande d'instruments. J'avais la société au bout du fil. Mais je ne suis resté chez lui qu'une minute, ce qui fait que ça m'était sorti de la tête. Oui, il avait effectivement un patient.

Poirot hocha la tête. Puis il reprit :

— Il y a une question que j'ai toujours eu envie de vous poser. Votre patient, M. Raikes, est parti sans honorer son rendez-vous. Qu'avez-vous fait de cette demi-heure de libre ?

— Ce que je fais toujours en pareil cas : je me suis servi un verre. Et, comme je viens de vous le dire, j'ai eu ce coup de fil, et j'ai couru voir Morley.

— Vous n'avez pas eu de patient non plus entre midi et demi et 13 heures, c'est-à-dire après M. Barnes. À quelle heure est-il parti, à propos ?

— Oh, à midi et demi et des poussières.

— Et qu'avez-vous fait ensuite ?

— La même chose qu'avant. Je me suis servi un autre verre !

— Et vous êtes retourné voir Morley ?

Reilly eut un sourire amusé.

— Vous me demandez si je suis allé l'assassiner ? Je vous ai déjà dit, il y a pas mal de temps déjà, que ce n'était pas moi qui avais fait le coup. Mais c'est vrai que vous n'avez que ma parole.

— Que pensiez-vous d'Agnes, la femme de chambre ?

Reilly eut l'air étonné.

— En voilà une drôle de question !

— J'aimerais pourtant avoir la réponse.

— J'y viens. Je n'en pensais rien. Georgina tenait ses bonnes à l'œil – et ce n'est pas moi qui lui en donnerai tort. Quant à la gosse, elle ne m'a jamais accordé un regard – preuve de son manque de goût.

— J'ai le sentiment que cette jeune personne sait quelque chose, dit Poirot en jetant à Reilly un regard inquisiteur.

Ce dernier sourit en secouant la tête.

— Ce n'est pas à moi qu'il faut le demander. Je ne sais pas de quoi il s'agit. Et je ne peux vous être d'aucune utilité.

Il ramassa les billets qui attendaient sur le comptoir et s'en fut, toujours souriant, sur un petit signe de tête.

Quant à Poirot, il expliqua à l'employé désabusé que, tout bien réfléchi, il renonçait à sa fameuse croisière-découverte des capitales nordiques.

*

Poirot retourna à Hampstead. Mme Adams fut quelque peu interloquée, il est vrai, de cette visite. En effet, et bien qu'il eût été garanti – s'il l'on peut dire – par un inspecteur principal de Scotland Yard, ce n'était à ses yeux qu'un «petit étranger bizarroïde» dont elle n'avait pas pris les prétentions très au sérieux. Elle se montra, néanmoins, toute disposée à bavarder.

Après la révélation retentissante de l'identité de la victime, les résultats de l'enquête n'avaient pas reçu beaucoup de publicité. On avait mentionné une erreur d'identification : le «corps» de Mlle Sainsbury Seale était en fait celui de Mme Chapman. C'était là tout ce que le public avait su. On n'avait pas insisté sur le fait que Mlle Sainsbury Seale était sans doute la dernière personne à avoir vu l'infortunée Mme Chapman vivante; ni laissé entendre qu'elle pouvait être recherchée pour meurtre.

Mme Adams avait été infiniment soulagée d'apprendre que le cadavre découvert de manière si rocambolesque n'était pas celui de son amie. Elle ne paraissait pas avoir la moindre idée des soupçons qui pesaient sur Mabelle Sainsbury Seale.

— Mais c'est tellement invraisemblable qu'elle ait disparu comme ça ! Je suis persuadée, monsieur Poirot, qu'il ne peut s'agir que d'une perte de mémoire.

Poirot admit que c'était fort possible, en effet. Il avait connu de semblables cas.

— Oui… Ça me rappelle aussi l'amie d'une de mes cousines… Trop d'enfants, trop de soucis… De fil en aiguille, elle en était arrivée à ça. Une amnésie, je crois qu'ils avaient appelé ça comme ça.

Poirot reconnut qu'il pensait que c'était en effet là le terme technique.

Puis, après un silence, il demanda à Mme Adams si elle avait jamais entendu Mlle Sainsbury Seale parler d'une certaine Mme Chapman.

Non, Mme Adams ne se souvenait pas d'avoir entendu ce nom-là dans la bouche de son amie. Mais, naturellement, il n'y avait pas de raison que Mlle Sainsbury Seale mentionnât à tout bout de champ tous les gens qu'elle connaissait. Qui était cette Mme Chapman ? La police avait-elle une idée sur l'identité du meurtrier ?

— Cela reste un mystère, madame.

Poirot dodelina de la tête et demanda si c'était elle qui avait recommandé M. Morley comme dentiste à son amie.

Mme Adams répondit par la négative. Elle allait elle-même chez un M. French, dans Harley Street, et si Mabelle lui avait demandé conseil, c'était là, bien sûr, qu'elle l'aurait envoyée.

Peut-être était-ce cette Mme Chapman, suggéra Poirot, qui avait recommandé M. Morley à Mlle Sainsbury Seale ?

Mme Adams convint que c'était possible. N'y avait-il pas moyen d'en avoir le cœur net chez le dentiste ?

Mais Poirot avait déjà posé la question à Mlle Nevill, et Mlle Nevill n'avait pu lui répondre. Elle se rappelait Mme Chapman mais ne pensait pas que celle-ci eût jamais mentionné Mlle Sainsbury Seale. Si tel avait été le cas, elle s'en serait souvenu.

Poirot persévéra dans ses questions.

Était-ce bien aux Indes que Mme Adams avait connu Mlle Sainsbury Seale ?

Mme Adams acquiesça.

Mme Adams savait-elle si Mlle Sainsbury Seale y avait rencontré M. ou Mme Blunt à un moment quelconque ?

— Oh, je ne crois pas, monsieur Poirot. Vous voulez dire le banquier ? Il leur est arrivé de séjourner aux Indes, à l'invitation du vice-roi, mais si Mabelle les avait rencontrés, je suis bien sûre qu'elle m'en aurait parlé.

Elle eut un petit sourire.

— On est tous tellement snobs, au fond. On adore se faire valoir en citant les noms des gens importants.

— Elle n'a donc jamais fait allusion aux Blunt ? À Mme Blunt, en particulier ?

— Jamais.

— Si elle avait été une amie intime de Mme Blunt, vous l'auriez certainement su ?

— Oh oui ! Je ne crois pas qu'elle ait jamais fréquenté ce milieu-là. Les amis de Mabelle étaient tous des gens très ordinaires… dans notre genre.

— Comment pouvez-vous dire une chose pareille, chère madame ! s'insurgea galamment Poirot.

Mme Adams continua de parler de Mlle Sainsbury Seale comme on parle d'un ami récemment disparu. Elle évoqua les innombrables bonnes œuvres de Mabelle, sa gentillesse, son inlassable dévouement à la cause des missions, son sérieux.

Poirot écoutait. Comme l'avait souligné Japp, Mabelle Sainsbury Seale était une personne bien réelle. Elle avait vécu à Calcutta, donné des cours de diction et travaillé au sein de la population indigène. Elle avait été respectable, pleine de bons sentiments, un peu chichiteuse et stupide, peut-être, mais aussi ce qu'on appelle un cœur d'or.

— Elle prenait tout tellement à cœur, monsieur Poirot, poursuivit Mme Adams. Elle trouvait les gens si apathiques, si difficiles à… à remuer. Avec l'augmentation des impôts, du coût de la vie et tout, il était très difficile d'obtenir des dons… chaque année plus difficile. Une fois, elle a été jusqu'à me dire : « Quand on sait ce que l'argent peut faire, Alice, et les miracles qu'on peut accomplir avec, il y a vraiment des jours où je me dis que je serais capable de commettre un crime pour en trouver ! » Ça montre bien l'importance qu'elle attachait à tout ça !

— Elle a dit cela ? fit pensivement Poirot.

Il demanda, l'air de ne pas y toucher, quand elle avait déclaré une telle charge et apprit que c'était environ trois mois plus tôt.

Il prit congé et s'en retourna, perdu dans ses pensées.

Il réfléchissait au caractère de Mabelle Sainsbury Seale. Une brave femme, sérieuse et bonne – une personne respectable, bien sous tous rapports. C'était parmi de telles personnes, avait laissé entendre M. Barnes, qu'il fallait chercher le criminel en puissance.

Elle était revenue des Indes sur le même bateau que M. Amberiotis. Et il y avait tout lieu de penser qu'elle avait déjeuné une fois avec lui au Savoy.

Elle avait accosté Alistair Blunt en prétendant le connaître et en se prévalant de l'amitié de sa femme.

Par deux fois, elle s'était rendue à King Leopold Mansions où, par la suite, un cadavre avait été découvert, habillé de ses vêtements et flanqué de son sac à main – ce qui l'identifiait commodément.

Un peu trop commodément, en fait !

Quant au Glengowrie Court, elle l'avait quitté en coup de vent après avoir reçu la visite de la police.

Tous ces faits trouvaient-ils leur explication dans la théorie que Poirot croyait la bonne ?

Il estimait que oui.

*

Sur le chemin du retour, ces méditations avaient occupé Poirot jusqu'aux abords de Regent's Park. Il décida d'en traverser une partie avant de prendre un taxi. Par expérience, il savait avec précision quand ses élégantes bottines de cuir commenceraient à lui comprimer douloureusement les pieds.

C'était une belle journée d'été et Poirot jetait des regards bienveillants sur les nurses en train de se faire conter fleurette par leurs soupirants, riant et gloussant tandis que leurs gagne-pain joufflus profitaient de leur inattention.

Des chiens s'ébattaient en aboyant.

Des garçonnets faisaient voguer des voiliers.

Et au pied de chaque arbre ou presque, des couples s'enlaçaient.

— Ah ! Jeunesse, belle jeunesse ! murmura Poirot, ému de ce spectacle.

Elles avaient de la classe, ces petites Londoniennes. Elles portaient leurs robes de trois sous avec allure.

Leurs silhouettes, néanmoins, étaient tristement maigrelettes. Où étaient ces courbes pleines, ces formes voluptueuses qui, autrefois, ravissaient l'œil du connaisseur ?

Hercule Poirot, lui, se souvenait des femmes qu'il avait connues… d'une femme en particulier – quelle somptueuse créature ! Un oiseau de paradis, une Vénus…

Laquelle de ces gamines aurait pu se mesurer à la comtesse Vera Rossakov ? La fine fleur de l'aristocratie russe, racée jusqu'au bout des ongles ! Et aussi, se remémorait-il, voleuse hors pair… Un de ces génies innés…

Avec un soupir, Poirot s'arracha au souvenir de la flamboyante créature de ses rêves.

Il n'y avait pas que les petites nurses et leurs pareilles qui se faisaient faire la cour sous les arbres.

Là, sous ce tilleul, une création de Schiaparelli se voyait serrée de près par un jeune homme qui plaidait sa cause avec ardeur.

Surtout ne pas céder trop vite ! Il espérait que la jeune fille savait cela. Le plaisir de la conquête, il importe de le faire durer le plus longtemps possible…

Tandis qu'il les contemplait d'un œil attendri, il prit soudain conscience de quelque chose de familier dans ces deux silhouettes.

Ainsi, Jane Olivera était venue à Regent's Park pour y retrouver son jeune révolutionnaire américain ?

Son visage devint triste, sévère même.

Après une brève hésitation, il marcha sur la pelouse dans leur direction.

— Bonjour, mademoiselle ! dit-il en ôtant son chapeau d'un geste ampoulé.

Il lui sembla que la jeune fille n'était pas tout à fait mécontente de son arrivée.

Howard Raikes, en revanche, parut très contrarié de cette interruption.

— Tiens, c'est encore vous ! grommela-t-il.

— Bonjour, monsieur Poirot, dit la jeune fille. Vous surgissez toujours de façon tellement inattendue !

— Comme un diable de sa boîte, marmonna Raikes, qui considérait Poirot avec une extrême froideur.

— J'espère que je ne vous dérange pas ? s'inquiéta Poirot.

— Pas du tout, dit gentiment Jane Olivera.

Raikes ne releva pas.

— C'est un endroit bien agréable que vous avez trouvé là, reprit Poirot.

— C'était, rétorqua M. Raikes.

— Taisez-vous, Howard ! Vous feriez bien d'apprendre un peu les bonnes manières !

— Ça sert à quoi, les bonnes manières ?

— Vous finirez par découvrir qu'elles ont du bon et qu'elles peuvent se montrer utiles, dit Jane. Moi, je n'ai pas de manières, mais ça n'a pas grande importance. Primo, je suis riche, et puis je suis assez jolie, et enfin j'ai plein d'amis influents – et aucune de ces affligeantes disgrâces qu'on étale maintenant dans les réclames. Je peux très bien me passer de bonnes manières.

— Je ne suis pas d'humeur à écouter ce genre de bavardages, Jane ! gronda Raikes. Je crois que je vais m'en aller.

Il se mit sur ses pieds, inclina sèchement la tête en direction de Poirot et s'éloigna à grands pas. Jane Olivera le suivit des yeux, le menton dans la main.

— Hélas ! s'excusa Poirot, le proverbe dit vrai. Quand il s'agit de faire sa cour, à deux on rit, à trois on s'ennuie.

— Faire sa cour ! Quelle drôle d'expression !

— Mais c'est pourtant bien la formule exacte, non ? Pour un jeune homme qui… s'intéresse à une jeune fille avant de lui demander sa main ? N'est-ce pas ce qu'on appelle « faire sa cour » ?

— Vous fréquentez des gens qui parlent un anglais d'un autre âge.

— « Treize, quatorze : les filles se font faire la cour », chantonna Poirot. Regardez autour de nous, c'est ce qu'elles font toutes.

— Oui, eh bien je suis probablement faite comme tout le monde, je suppose, dit Jane d'un ton sec.

Brusquement, elle se tourna vers Poirot.

— Je veux vous présenter mes excuses. Je me suis trompée, l'autre jour. Je croyais que vous aviez réussi à vous faire inviter à Exsham juste pour espionner Howard. Mais ensuite oncle Alistair m'a dit qu'il avait insisté pour que vous veniez, parce qu'il voulait vous demander d'éclaircir cette affaire de la femme disparue – Mlle Sainsbury Seale. C'est bien vrai, n'est-ce pas ?

— Tout à fait.

— C'est pourquoi je regrette ce que je vous ai dit l'autre soir. Mais ça en avait vraiment tout l'air, vous savez. Je veux dire : que vous suiviez Howard et que vous nous espionniez et rien d'autre.

— Et même si ç'avait été le cas, mademoiselle, je n'en ai pas moins été le parfait témoin de la bravoure de M. Raikes alors qu'il sauvait la vie de votre oncle en sautant sur son assaillant pour le désarmer.

— Vous avez décidément une drôle de manière de dire les choses, monsieur Poirot. Je ne sais jamais si vous êtes sérieux ou non.

Poirot se fit grave.

— Pour l'instant, je suis très sérieux, mademoiselle Olivera.

— Pourquoi me regardez-vous ainsi ? dit Jane d'une voix mal assurée. Comme si… comme si vous aviez pitié de moi ?

— Parce que j'ai pitié de vous, mademoiselle. À cause de ce que je vais bientôt devoir faire.

— Eh bien… ne le faites pas.

— Hélas, mademoiselle, il le faudra bien.

Elle le dévisagea un long moment.

— Avez-vous… retrouvé cette femme ?

— Disons tout au plus que je sais où elle est.

— Elle est morte ?

— Je n'ai pas dit ça.

— Elle est vivante, alors ?

— Je ne l'ai pas dit non plus.

L'irritation gagnait Jane.

— Il faut bien qu'elle soit l'un ou l'autre, non ? s'emporta-t-elle.

— En fait, les choses ne sont pas aussi simples.

— Ce que je crois, c'est que vous aimez les compliquer !

— On a déjà dit ça de moi, admit Poirot.

Jane frissonna.

— N'est-ce pas étrange ? Il fait un temps splendide, et pourtant je suis transie tout à coup.

— Peut-être devriez-vous marcher un peu, mademoiselle.

La jeune femme se leva et resta un moment indécise, les bras ballants. Puis, à brûle-pourpoint, elle murmura :

— Howard veut que je l'épouse. Immédiatement. Sans prévenir personne. Il dit… il dit que sinon je ne le ferai jamais… que je suis faible…

Elle s'interrompit et agrippa soudain la manche de Poirot avec une force surprenante.

— Que dois-je faire, monsieur Poirot ?

— Pourquoi est-ce à moi que vous demandez conseil ? Vous avez des proches.

— Maman ? Elle pousserait des glapissements à tout casser. Oncle Alistair ? Il serait prudent et terre à terre : « Rien ne presse, ma chérie. Il faut être bien sûre de ce que tu veux, tu sais. C'est quand même un drôle de zigoto, ce garçon. Pourquoi se précipiter ? »

— Vos amis ? suggéra Poirot.

— Je n'ai pas d'amis. Juste une bande d'écervelés avec lesquels je danse, je bois et balance des slogans à la mode. Howard est la seule personne vraie que j'aie jamais rencontrée.

— Quand même… pourquoi me demander ça à moi, mademoiselle ?

— Parce que vous avez une expression bizarre – comme si vous étiez désolé de quelque chose… comme si vous saviez quelque chose… quelque chose qui… qui va arriver…

Elle se tut. Puis elle reprit d'une voix pressante :

— Alors ? Quel est votre verdict ?

Hercule Poirot, lentement, secoua la tête.

*

Dès que Poirot eut regagné son domicile, George l'informa :

— L'inspecteur Japp est là, monsieur.

En le voyant entrer au salon, Japp eut un sourire mi-figue mi-raisin.

— Eh oui, mon vieux, c'est bien moi. Je suis venu reconnaître que vous êtes un type prodigieux. Comment faites-vous votre compte ? Comment pouvez-vous penser à tout ça ?

— Ce qui signifie… ? Mais, pardon, voulez-vous boire quelque chose ? Un sirop ? Ou un whisky, peut-être ?

— Un whisky m'ira très bien.

Deux minutes plus tard, il levait son verre en déclarant :

— À Hercule Poirot, qui ne se trompe jamais !

— Voyons, cher ami…

— Nous avions là un gentil petit suicide. Seulement H. P. prétend que c'est un meurtre… tient mordicus à ce que ce soit un meurtre… et, sacré nom de Dieu, c'est bel et bien un meurtre !

— Ah ! Vous l'admettez enfin ?

— Personne ne peut m'accuser d'être borné. Jamais on ne m'a vu nier l'évidence. Mais d'évidence, jusqu'à présent il n'y en avait pas.

— Or, il y en a maintenant ?

— Oui, et je suis venu faire amende honorable, comme vous dites, et vous offrir cette douceur sur un plateau.

— Je brûle d'impatience, mon cher Japp !

— Très bien, voici : le pistolet avec lequel Frank Carter a tenté de tuer Blunt samedi est le frère jumeau de celui qui a tué Morley !

Poirot écarquilla les yeux.

— Mais voilà qui est extraordinaire !

— Oui, et qui assombrit sérieusement l'horizon du dénommé Carter.

— Ce n'est pas une preuve.

— Non, mais ça y ressemble suffisamment pour qu'on révise le verdict de suicide. Les deux armes sont de fabrication étrangère, et d'un modèle peu courant qui plus est !

Les yeux de Poirot étaient toujours écarquillés sous des sourcils en croissant de lune.

— Frank Carter ? dit-il enfin. Non… sûrement pas !

Japp émit un soupir d'exaspération.

— Qu'est-ce qui vous arrive, Poirot ? Vous commencez par clamer que Morley ne s'est pas suicidé mais qu'il a été assassiné. Et quand je viens vous dire que nous inclinons à penser comme vous, voilà que ça a l'air de vous déplaire et que vous vous mettez à ergoter.

— Vous pensez vraiment que Morley a été assassiné par Frank Carter ?

— Ça colle. Carter avait des griefs contre Morley – ça, nous l'avons toujours su. Il est venu à Queen Charlotte Street ce matin-là, et il a prétendu plus tard que c'était pour annoncer à sa fiancée qu'il avait trouvé un travail – or, nous savons maintenant qu'à ce moment-là, ce n'était pas encore le cas : il n'a été engagé que plus tard dans la journée. Il le reconnaît, maintenant. Et voilà le mensonge n° 1. Ce qu'il a fait à partir de midi vingt-cinq, il est incapable de le prouver. Il prétend qu'il a marché dans Marylebone Road, mais le premier témoignage que nous ayons, c'est celui du barman du pub où il est entré à 3 h 05. Et dans un drôle d'état, d'après le témoin ; blanc comme un linge et les mains qui tremblaient.

Poirot secoua la tête en soupirant.

— Ça ne cadre pas avec ma théorie.

— On peut la connaître, votre théorie ?

— C'est très embêtant, ce que vous me dites là. Très embêtant. Parce que, voyez-vous, si vous avez raison…

La porte s'entrouvrit et George murmura avec circonspection :

— Que Monsieur m'excuse, mais…

Il ne put achever. Mlle Gladys Nevill le poussa d'une bourrade et pénétra en trombe dans le salon. Elle ruisselait de larmes.

— Oh, monsieur Poirot !

— Bon, eh bien il faut que je me sauve ! dit précipitamment Japp.

Et il s'enfuit sans demander son reste.

Gladys Nevill lui gratifia le dos d'un regard venimeux.

— C'est lui, cet horrible inspecteur de Scotland Yard ! C'est lui qui a tout manigancé contre mon pauvre Frank !

— Allons, allons, il ne faut pas vous agiter comme ça, mademoiselle.

— Mais je sais ce que je dis ! D'abord ils racontent qu'il a essayé de tuer M. Blunt et puis, comme si ça ne suffisait pas, ils l'accusent d'avoir assassiné ce pauvre M. Morley !

Hercule Poirot toussota.

— Je… j'étais à Exsham, vous savez, quand on a tiré sur M. Blunt.

Gladys se lança dans une tirade assez incertaine :

— Mais même si Frank a fait… a fait une chose aussi stupide… et il fait partie d'un mouvement fasciste, vous savez : ils défilent derrière des drapeaux et ils ont un salut ridicule, et, bien sûr, je suppose que Mme Blunt était en réalité une juive très connue, et ils excitent ces pauvres garçons – des garçons tout ce qu'il y a d'inoffensifs comme Frank –, tant et si bien qu'ils sont persuadés de faire des choses formidables et patriotiques…

— Est-ce là la défense de M. Carter ? s'inquiéta Poirot.

— Oh non ! Frank jure qu'il n'a rien fait et que c'était la première fois qu'il voyait ce pistolet. Je ne lui ai pas parlé, bien sûr, on ne m'a pas laissée, mais il a un avocat qui s'occupe de lui et qui me tient au courant. Frank dit que c'est un coup monté.

— Et l'avocat, murmura Poirot, est d'avis que son client ferait bien de trouver une histoire plus plausible ?

— Ces hommes de loi sont si compliqués ! Ils ne disent jamais rien clairement. Mais c'est cette accusation d'assassinat qui me rend folle… Oh, monsieur Poirot ! Je suis sûre que Frank n'aurait jamais pu tuer M. Morley. Ce que je veux dire, c'est que… qu'il n'avait vraiment aucune raison de faire ça.

— Est-il exact que, quand il est venu ce matin-là, il n'avait pas encore trouvé le moindre travail ?

— Je vous assure, monsieur Poirot, je ne vois vraiment pas la différence que ça peut faire. Qu'il ait obtenu cette place le matin ou l'après-midi, qu'est-ce que ça change ?

Poirot fit appel à toute sa patience.

— Mais il a raconté qu'il était venu pour vous apprendre la bonne nouvelle. Et voilà qu'il apparaît maintenant que, de nouvelle, il n'y en avait pas à ce moment-là.

— Eh bien, monsieur Poirot, il était déprimé, le pauvre, et, pour vous dire la vérité, je crois qu'il avait un peu bu. Pauvre Frank, il n'a pas la tête très solide, et l'alcool lui a donné envie de… de faire du scandale, alors il est venu à Queen Charlotte Street pour régler ses comptes avec M. Morley, parce que, vous comprenez, Frank, c'est un hypersensible, et il avait vraiment été blessé de sentir que M. Morley pensait du mal de lui et l'accusait de me « pervertir l'esprit », comme il disait.

— Alors il s'était mis en tête de faire un scandale pendant les heures de consultation ?

— Euh... oui..., je crois que c'est ça. Bien sûr, c'était très mal de sa part.

Poirot contempla un long moment la blonde jeune femme en larmes qui lui faisait face.

— Saviez-vous que M. Carter possédait un pistolet – ou plutôt une paire de pistolets ? demanda-t-il enfin.

— Oh non, monsieur Poirot. Je vous jure que je n'en savais rien. Et je ne crois d'ailleurs pas non plus que ce soit vrai.

Poirot, perplexe, secoua lentement la tête.

— Oh, aidez-nous, monsieur Poirot ! implora-t-elle. Je vous en prie ! Si seulement je pouvais me dire que vous êtes de notre côté...

Il l'interrompit avec douceur :

— Je ne prends jamais parti. Je me contente d'être du côté de la vérité.

Après s'être débarrassé de la jeune femme, Poirot appela Scotland Yard. Japp n'était pas encore de retour, mais le sergent Beddoe se fit un plaisir de le renseigner.

Non, la police n'avait pas encore pu formellement établir que Frank Carter était en possession du pistolet avant l'attentat d'Exsham.

Poirot raccrocha, plus songeur que jamais. C'était un point en faveur de Carter, mais jusqu'ici c'était le seul.

Beddoe lui avait donné quelques détails supplémentaires sur la déclaration faite par Carter à propos de son emploi de jardinier à Exsham. Il ne démordait pas de son histoire de Services secrets. On l'avait payé d'avance, on lui avait fourni des certificats témoignant de ses compétences en matière de jardinage et on lui avait dit de s'adresser à M. MacAlister, le chef jardinier, pour la place.

Ses instructions étaient d'écouter les autres jardiniers et de sonder leurs tendances «rouges» en se faisant passer pour un sympathisant. Ces consignes lui avaient été données par une femme qui lui avait confié être l'agent Q.H. 56, à qui il avait été recommandé pour son anticommunisme notoire. L'entretien avait eu lieu dans une pièce peu éclairée, et il ne pensait pas qu'il pourrait la reconnaître. C'était une femme rousse, couverte de maquillage.

Poirot grommela. Encore le petit côté Phillips Oppenheim qui refaisait surface.

Il fut tenté de consulter M. Barnes.

À en croire M. Barnes, ces choses-là existaient.

Ce qu'il reçut par le dernier courrier ne fit qu'ajouter à sa perplexité.

Il s'agissait d'une enveloppe ordinaire, rédigée d'une écriture maladroite et postée dans le Hertfordshire.

Poirot l'ouvrit et lut :

Cher Monsieur,

J'espère que vous m'excuserez du dérangement, mais je suis très ennuyée et ne sais pas quoi faire. Je ne veux pas avoir quoi que ce soit à voir avec la police. Je sais que j'aurais peut-être dû en parler plus tôt, mais comme on disait de Monsieur qu'il s'était suicidé je m'étais dit que ça n'avait pas d'importance. Et puis je n'aurais pas voulu créer de problèmes à l'ami de Mlle Nevill dont j'avais jamais vraiment cru qu'il avait fait le coup. Mais j'apprends maintenant qu'il a été arrêté pour avoir tiré sur un monsieur à la campagne et alors peut-être qu'il n'a pas toute sa tête et que je devrais dire ce que je sais, mais je me suis dit que c'était mieux que je vous écrive à vous vu que vous êtes un ami de Madame et que vous m'avez posé des questions si bizarres l'autre jour pour savoir si je savais quelque chose bien sûr je regrette de ne pas vous avoir dit à ce moment-là ce que je savais. Mais j'espère quand même que ça ne va pas me faire avoir des histoires avec la police parce que ça ne me plairait pas et que ça ne plairait pas à ma mère non plus. Elle a toujours été très à cheval.

Respectueusement vôtre

Agnes Fletcher

— Je m'étais toujours dit qu'un bonhomme quelconque avait quelque chose à voir avec toute cette histoire, murmura péniblement Poirot. Je m'étais trompé de bonhomme, c'est tout.

QUINZE, SEIZE : LES UNES SONT À LA CUISINE…

Agnes Fletcher ayant insisté pour raconter son histoire loin de l'œil critique de Mlle Morley, l'entretien eut lieu à Hertford, dans un salon de thé qui avait connu des jours plus fastes.

Pendant le premier quart d'heure, Poirot put apprécier à quel point la mère d'Agnes était « à cheval ». Et comment son père, quoique propriétaire d'un débit de boissons, n'avait jamais eu de problèmes avec la police – l'heure de fermeture étant toujours respectée à la minute près; comment, en fait, le père et la mère d'Agnes jouissaient de l'estime et de la considération générales à Little Darlinham, Gloucestershire; et comment, enfin, aucun des six enfants Fletcher (huit en comptant les deux qui étaient morts en bas âge) n'avait jamais donné le moindre souci à leurs parents. Et si maintenant Agnes devait avoir des histoires avec la police, maman et papa en mourraient, c'est sûr, parce que, comme elle l'avait dit, ils avaient toujours gardé la tête haute et n'avaient jamais eu de leur vie affaire à la police.

Ceci ayant été répété plusieurs fois, et avec moult fioritures, Agnes se risqua un peu plus près du sujet de leur entrevue.

— Je ne voulais rien dire à Mlle Morley, monsieur, parce que ça aurait pu se trouver qu'elle dise que j'aurais dû en parler avant, mais, nous deux avec la cuisinière, on en avait parlé et reparlé et on s'était dit que c'était pas nos affaires vu qu'on avait lu noir sur blanc dans le journal comme quoi le patron s'était trompé avec ses drogues et qu'il s'était suicidé et que le pistolet était dans sa main et tout, et donc ça paraissait clair comme le jour, vous comprenez, monsieur ?

— Quand avez-vous commencé à changer d'avis ?

Par le biais de cette question – incitative sans être trop directe –, Poirot espérait arriver à la révélation promise.

Agnes ne se fit pas prier pour répondre.

— En voyant dans le journal qu'on parlait de Frank Carter... le petit ami de Mlle Nevill, donc. Quand j'ai vu comme quoi il avait tiré sur ce monsieur où il était jardinier, eh bien je me suis dit qu'il serait peut-être pas bien dans sa tête, parce que je sais qu'il y a des gens comme ça, ils croient qu'ils sont persécutés ou quoi, qu'ils sont entourés d'ennemis, et au bout du compte c'est dangereux de les garder à la maison et il faut les mettre à l'asile. Alors j'ai pensé que c'était peut-être ça pour Frank Carter parce que je me rappelais bien qu'il arrêtait pas d'en avoir après M. Morley, comme quoi

M. Morley était contre lui et essayait de le séparer de Mlle Nevill, mais bien sûr, elle, elle ne voulait rien entendre – et elle avait bien raison, on se disait Emma et moi, parce qu'il faut reconnaître que M. Carter, on peut pas dire qu'il soit pas bien de sa personne, et avec des manières et tout. Mais, bien sûr, tant l'une que l'autre, on ne pensait pas qu'il aurait fait quelque chose à M. Morley. On pensait juste que c'était un peu bizarre, si vous voyez ce que je veux dire.

— Qu'est-ce qui était bizarre? demanda patiemment Poirot.

— C'était ce matin-là, monsieur, le matin où M. Morley s'est tué. J'étais là à me demander si j'allais pas descendre chercher le courrier en vitesse. Le facteur était passé, mais Alfred n'avait pas monté les lettres – il ne le faisait pas, sauf s'il y avait quelque chose pour Mlle Morley ou Monsieur, mais si c'était juste pour Emma ou moi, il ne prenait pas la peine de l'apporter avant l'heure du déjeuner…

» Enfin bref, je suis allée me poster sur le palier pour regarder dans les escaliers. Mlle Morley n'aimait pas trop nous voir en bas, surtout pendant les heures de travail de Monsieur, mais je m'étais dit que je verrais peut-être Alfred s'il accompagnait un client, et que je l'appellerais quand il ressortirait de chez Monsieur.

À bout de souffle, Agnes inspira un grand coup et repartit de plus belle :

— Et c'est là que je l'ai vu – Frank Carter, je veux dire. Au milieu des escaliers – de nos escaliers, après l'étage du patron. Et il était là à attendre et à regarder en bas. Et plus ça va plus j'ai l'impression qu'il y avait quelque chose de bizarre là-dedans. Il avait l'air d'écouter tant qu'il pouvait, si vous voyez ce que je veux dire.

— Quelle heure était-il ?

— Il devait pas être loin de midi et demi, monsieur. Et juste comme je pensais « ah là là ! voilà Frank Carter et Mlle Nevill est pas là de la journée, il va être drôlement déçu » et que je me demandais s'il aurait pas fallu que je descende vite le prévenir parce que ça m'apparaissait que cet empoté d'Alfred y avait pas pensé – sinon il ne serait pas resté là à attendre... eh bien, juste comme j'hésitais, voilà que M. Carter se décide finalement, qu'il dévale les marches quatre à quatre et qu'il file droit dans le couloir qui va au cabinet du patron, et je me suis fait la réflexion que ça allait pas plaire à Monsieur et je me suis demandé s'il allait pas y avoir du grabuge, mais juste à ce moment-là, Emma m'a appelée – et qu'est-ce que je faisais et tout ? – et je suis remontée. Après ça j'ai entendu dire que le patron s'était suicidé, et c'était si horrible que tout le reste m'est sorti de la tête. Mais après ça, quand cet inspecteur de police est parti, ça m'est revenu et j'ai dit à Emma que j'avais rien dit à propos de M. Carter qui était monté voir Monsieur ce matin et elle m'a demandé « il était là ? » alors je lui ai raconté, et elle m'a dit que bon, peut-être que je devrais le dire, mais jai dit que de toute façon je ferais mieux d'attendre un peu, et elle a trouvé que j'avais raison, vu qu'on préférait pas faire d'ennuis à Frank Carter. Et ensuite, quand c'est venu à l'enquête et que ça a été su que Monsieur avait fait cette erreur et que ça l'avait complètement tourneboulé et qu'il s'était suicidé, comme de juste, il n'y avait plus de raison de dire quelque chose. Mais quand j'ai vu l'article dans le journal avant-hier, alors là, vous parlez d'un coup ! Alors je me suis dit que si c'était un de ces timbrés qui se croient persécutés et qui tirent sur les gens à tout bout de champ, c'était peut-être bien lui tout compte fait qui avait tué Monsieur !

Son regard anxieux se posa, plein d'espoir, sur Hercule Poirot qui prit sa voix la plus rassurante.

— Soyez certaine, Agnes, que vous avez fait exactement ce qu'il fallait en me parlant.

— Eh bien je peux dire que ça m'enlève un grand poids. Vous comprenez, je n'arrêtais pas de me demander si je n'aurais pas dû en parler. Mais alors je pensais aux histoires que j'aurais avec la police, et à ce que maman dirait. Parce que, pour ça, maman, elle est comme on dit très à cheval sur tout et…

— Oui, oui, dit précipitamment Poirot.

En ce qui concernait la mère d'Agnes, il avait, sentait-il, atteint sa limite pour l'après-midi.

*

Poirot se précipita à Scotland Yard et demanda à voir Japp. Et, à peine introduit dans le bureau de l'inspecteur, il décréta :

— Je veux voir Carter.

Japp lui lança un regard en biais.

— Qu'est-ce que c'est que cette nouvelle lubie ?

— Vous me mettez des bâtons dans les roues ?

— Oh, je ne me permettrais pas. Ça ne me vaudrait d'ailleurs rien de bon. Qui est le chouchou du secrétaire du Home Office ? Vous. Qui a la moitié du Cabinet dans sa poche ? Vous. Vous, l'homme qui n'a pas son pareil pour leur étouffer leurs scandales.

L'affaire des Écuries d'Augias revint trotter à l'esprit de Poirot. Il sourit et murmura, non sans une certaine complaisance :

— C'était ingénieux de ma part, non ? Avouez ! Ou bien imaginé, si vous préférez.

— Personne d'autre que vous n'aurait jamais été imaginer une chose pareille ! Il m'arrive de me dire, Poirot, que vous n'avez aucun scrupule !

Le visage de Poirot se fit soudain grave.

— Ça, ce n'est pas vrai.

— Bon, d'accord, je ne le pensais pas. Mais vous êtes tellement satisfait parfois de votre satanée ingéniosité… Au fait, pourquoi voulez-vous voir Carter ? Pour lui demander s'il a vraiment tué Morley ?

À la stupeur de Japp, Poirot acquiesça avec la plus totale conviction.

— Oui, mon cher, c'est fort précisément pour ça.

— Et vous imaginez sans doute qu'il va vous le dire ?

Japp avait lancé sa phrase en riant. Mais Poirot ne se départit pas de son sérieux.

— C'est bien possible, en effet.

Japp le dévisagea.

— Vous savez, cela fait un bout de temps que je vous connais. Vingt ans ? Pas loin, en tout cas.

Mais il m'arrive encore de ne pas comprendre ce que vous avez en tête. Je sais bien que vous avez une idée fixe à propos du jeune Carter. Pour je ne saits quelle raison, vous ne voulez pas qu'il soit coupable…

— Non, non, là, vous vous trompez ! interrompit Poirot avec vigueur. C'est tout le contraire…

— Je me disais que c'était peut-être à cause de son amie de cœur, jolie blonde. Vous êtes un vieux sentimental, dans votre genre…

Poirot prit la mouche et s'emporta.

— Ce n'est pas moi qui suis sentimental ! Ça, c'est un travers britannique ! C'est en Angleterre qu'on sanglote sur les amoureux transis, les mères à l'agonie et les enfants modèles. Moi, je suis logique. Si Frank Carter est un assassin, je ne suis certainement pas sentimental au point de souhaiter le voir uni par le mariage à une jeune femme jolie quoique banale qui l'aura oublié et remplacé dans un an s'il lui advient d'être pendu.

— Alors pourquoi refusez-vous de croire à sa culpabilité ?

— Je veux croire à sa culpabilité, au contraire.

— Ce que vous êtes en train de dire, c'est que vous êtes en possession d'un élément qui prouve plus ou moins formellement son innocence ? Mais pourquoi le garder pour vous, alors ? Vous devriez jouer franc jeu avec nous, Poirot.

— C'est ce que je fais. Là, dans quelques instants, je vais vous donner le nom et l'adresse d'un témoin capital pour l'accusation. Sa déposition devrait permettre de ficeler le dossier contre lui.

— Mais alors... Oh, vous me donnez le tournis ! Pourquoi désirez-vous tant le voir ?

— Pour ma satisfaction personnelle, dit Poirot.

Et il refusa de s'expliquer davantage.

*

Blême, hagard, encore faiblement enclin à crâner, Frank Carter jeta un regard torve à son visiteur inattendu.

— Tiens ! voilà le sale petit métèque qui s'amène ! dit-il grossièrement. Qu'est-ce que vous voulez ?

— Vous voir et vous parler.

— Eh bien, profitez-en. Mais je ne parlerai pas. Pas en l'absence de mon avocat. C'est mon droit, pas vrai ? Et à ça vous ne pouvez rien : j'ai le droit d'exiger la présence de mon avocat avant de prononcer un seul mot.

— Je n'en disconviens pas. Vous pouvez l'envoyer chercher si vous voulez... mais je préférerais que vous ne le fassiez pas.

— Tiens donc ! Vous croyez que vous allez m'embobiner et que je vais avouer des choses compromettantes, hein ?

— Je vous fais remarquer que nous sommes seuls.

— Un peu inhabituel, non ? Vos copains flics ont sûrement l'oreille collée à la porte.

— Vous faites erreur. Ceci est un entretien privé entre vous et moi.

Frank rit avec une expression rusée, déplaisante.

— Laissez tomber, allez ! Si vous croyez m'avoir avec ce truc vieux comme le monde !

— Vous souvenez-vous d'une fille nommée Agnes Fletcher ?

— Jamais entendu parler.

— Je pense que vous allez vous en souvenir, même si vous ne l'avez jamais particulièrement remarquée. Elle était femme de chambre au 58, Queen Charlotte Street.

— Grand bien lui fasse ! Et alors ?

— Le matin du jour où M. Morley a été assassiné, dit lentement Poirot, il se trouve que cette Agnes s'est penchée par-dessus la balustrade du troisième étage. Elle vous a vu dans les escaliers, immobile, l'oreille aux aguets. Et assez vite, vous vous êtes dirigé vers le cabinet de M. Morley. Il était alors midi vingt-six et des poussières.

Frank Carter fut pris d'un tremblement violent. Il se mit à transpirer. Ses yeux, plus fuyants que jamais, roulaient en tous sens.

— C'est un mensonge ! s'écria-t-il avec rage. C'est un foutu mensonge ! Vous l'avez payée… la police l'a payée pour qu'elle raconte ça !

— À cette heure-là, poursuivit Poirot avec le plus grand calme, et d'après votre déposition, vous aviez quitté la maison et déambuliez dans Marylebone Road…

— Parfaitement ! Cette fille ment ! Elle ne peut pas m'avoir vu ! C'est une machination ! Si c'était vrai, pourquoi elle en a pas parlé avant ?

— Elle en a parlé à l'époque à son amie la cuisinière, répondit Poirot, impavide. Toutes deux étaient troublées, perplexes, et ne savaient pas quoi faire. Quand l'enquête a conclu au suicide, elles ont été très soulagées et ont décidé qu'il n'était pas nécessaire d'en parler à la police.

— Je n'en crois pas un mot ! Elles sont dans le coup toutes les deux, c'est tout ! Ce sont deux espèces de fichues saletés de menteuses de…

Sa furieuse tirade de jurons semblait sur le point de faiblir.

Poirot attendit.

Quand elle s'éteignit finalement, Poirot reprit du même ton calme, mesuré :

— La colère et les injures ne vous seront d'aucun secours. Ces filles vont raconter leur histoire, et on les croira. Parce que, voyez-vous, elles disent la vérité. La petite, Agnes Fletcher, vous a bel et bien vu. Vous étiez bel et bien là, dans l'escalier, à ce moment-là. Et vous êtes bel et bien allé dans le cabinet de M. Morley.

Il marqua un temps, puis demanda sans hausser le ton :

— Que s'est-il passé alors ?

— C'est un mensonge, je vous dis !

Hercule Poirot se sentait très fatigué – très vieux. Il n'aimait pas Frank Carter. Ce garçon l'écœurait même. À ses yeux, Carter n'était qu'une sale petite frappe, un menteur, un profiteur – somme toute le type d'individu dont la société pouvait fort bien se passer. Lui, Hercule Poirot, n'avait qu'à se retirer, laisser ce jeune homme persister dans ses mensonges, et le monde ne tarderait pas à être débarrassé de l'un de ses hôtes les plus déplaisants…

Il murmura :

— Je vous suggère de dire la vérité…

Il voyait très clairement la situation. Frank Carter était stupide, mais pas au point de ne pas comprendre que le meilleur parti, le plus sûr pour lui, était de persister dans ses dénégations. Qu'il admette un seul instant avoir pénétré chez Morley à midi vingt-six et il mettait le pied dans un terrain miné. Parce qu'après ça, il pourrait bien dire ce qu'il voudrait, on ne le croirait pas.

Qu'il persiste donc à nier. Auquel cas, la tâche de Poirot était terminée. Selon toute probabilité, Frank Carter serait pendu pour le meurtre de Henry Morley – et, peut-être, après tout, pendu en bonne justice.

Hercule Poirot n'avait qu'à se lever et sortir.

— C'est un mensonge! clama encore Frank Carter.

Il y eut un temps mort. Hercule Poirot ne se leva ni ne sortit. Il aurait bien aimé le faire – vraiment. Néanmoins il resta là.

Il se pencha. Il dit – et toute la force de sa personnalité passa dans sa voix :

— Je ne suis pas en train de vous mentir. Je vous demande de me croire. Si vous n'avez pas tué Morley, votre seul espoir est de me dire très exactement ce qui s'est passé ce matin-là.

Le visage mesquin et faux qui lui faisait face se défit, se brouilla. Frank Carter se tirailla la lèvre. Ses yeux roulaient de tous côtés, terrifiés – un visage qui n'avait plus rien d'humain.

C'était maintenant ou jamais...

Et puis soudain, vaincu par une personnalité trop forte pour lui, Frank Carter rendit les armes.

— Très bien, dit-il d'une voix rauque. Je vais tout vous dire. Et que Dieu vous maudisse si vous me laissez tomber ! Je suis bien entré chez Morley… J'avais monté l'escalier, j'attendais d'être sûr de le trouver seul. J'ai attendu là, quelques marches au-dessus de son palier. Un type est sorti et est descendu – un gros. J'allais me décider quand un autre type est sorti du cabinet et a suivi le premier. Je savais que je devais me grouiller. Alors j'ai fait ni une ni deux et je me suis faufilé dans le cabinet sans frapper. J'étais décidé à régler mes comptes avec lui. Bon sang, toujours à se mêler de tout, à me débiner auprès de ma fiancée…

Il s'arrêta.

— Oui ? l'incita Poirot de ce même ton impérieux.

La voix de Carter dérailla. Il croassa :

— Mais lui, il était étendu là par terre… mort. Et ça, c'est la vérité ! Je vous jure que c'est la vérité ! Étendu exactement comme on l'a dit à l'enquête. Sur le coup, je ne suis pas arrivé à y croire. Et puis je me suis penché sur lui. Il était bien mort. Sa main était toute froide et j'ai vu le trou qu'avait fait la balle dans sa tête, avec une croûte de sang noir tout autour…

Ce souvenir fit de nouveau perler la sueur à son front.

— Et, tout à coup, je me suis rendu compte que j'étais dans le pétrin. Ils allaient dire que c'était moi qui l'avais fait ! Je n'avais rien touché, que sa main et la poignée de la porte. Je l'ai essuyée des deux côtés avec mon mouchoir en partant et j'ai dévalé les escaliers quatre à quatre. Il n'y avait personne dans le hall, je suis sorti et j'ai filé aussi vite que j'ai pu. Pas étonnant qu'on m'ait trouvé un air bizarre !

Il fixa sur Poirot un regard terrifié.

— C'est la vérité ! Je vous jure que c'est la vérité… Il était déjà mort. Il faut que vous me croyiez !

Poirot se leva.

— Je vous crois, dit-il d'une voix infiniment lasse et triste.

Il se dirigea vers la porte.

— Ils vont me pendre ! se mit à crier Carter. C'est sûr qu'ils vont me pendre s'ils savent que j'étais là !

— En me disant la vérité, vous venez d'échapper à la corde, marmonna Poirot.

— Je ne comprends pas ! Ils vont dire que…

Poirot l'interrompit :

— Votre histoire vient de confirmer ce que je savais déjà. Laissez-moi faire, maintenant.

Il sortit.

Et ce qu'il y a de sûr, c'est qu'il ne respirait pas la joie.

*

Il arriva chez M. Barnes à 18 h 45. L'heure idéale pour trouver les gens chez eux, lui avait dit ce dernier.

M. Barnes jardinait.

— Nous manquons de pluie, monsieur Poirot, dit-il en guise de salutations. Nous manquons cruellement de pluie.

Il examina pensivement son visiteur et ajouta :

— Vous n'avez pas l'air très bien, monsieur Poirot.

— C'est qu'il m'arrive parfois de ne pas aimer les choses que je dois faire.

M. Barnes hocha la tête avec sympathie.

— Je connais ça, dit-il.

Le regard de Poirot erra sur l'architecture stricte des petits massifs.

— Il est bien conçu, ce jardin, murmura-t-il. Tout est à l'échelle. Il est petit, mais rigoureux.

— Quand on n'a que peu d'espace, il importe de l'utiliser au mieux. On ne peut pas se permettre d'erreurs dans le tracé.

Hercule Poirot opina.

— J'ai vu que vous aviez mis la main sur votre homme, poursuivit M. Barnes.

— Frank Carter ?

— Oui. Je suis assez surpris, en fait.

— Vous ne pensiez pas qu'il s'agissait d'un crime domestique, si l'on peut dire, n'est-ce pas ?

— Non. Franchement non. Avec Amberiotis et Alistair Blunt dans le tableau… j'imaginais plutôt un micmac d'espionnage ou de contre-espionnage.

— C'est d'ailleurs, en gros, l'opinion que vous m'aviez exposée lors de notre première rencontre.

— Je sais. J'en étais persuadé, à l'époque.

— Mais vous vous trompiez, dit lentement Poirot.

— Oui. Ne retournez pas le couteau dans la plaie. Le problème, c'est qu'on se laisse influencer par sa propre expérience. J'ai trop connu ce genre d'affaires pour ne pas les voir partout.

— Vous avez sûrement déjà vu ce tour d'illusionniste, vous savez bien : la « carte forcée » ?

— Bien sûr.

— C'est ce qu'on n'a cessé de me faire ici. À chaque fois que j'envisageais une raison « domestique » à la mort de Morley, hop ! on me tendait la carte forcée. Amberiotis, Alistair Blunt, la fragilité de la situation politique, de la situation du pays…

Il haussa les épaules.

— Et vous, monsieur Barnes, vous avez fait plus que quiconque pour m'égarer.

— Vraiment, Poirot, je ne sais que vous dire. Mais vous n'avez pas tort.

— Vous étiez en position de savoir, voyez-vous. Cela donnait du poids à vos paroles.

— Que voulez-vous… je croyais ce que je disais. C'est ma seule excuse. (Il soupira.) Ainsi, au bout du compte, il s'agissait d'une affaire tout bonnement domestique ?

— Eh oui ! Il m'a fallu du temps pour comprendre le mobile du meurtre, mais j'ai bénéficié d'un coup de chance décisif.

— Un coup de chance ?

— Les bribes d'une conversation. Très éclairantes, vraiment, si toutefois j'avais pu en saisir la signification sur le moment.

La mine songeuse, M. Barnes se gratta le nez avec son plantoir. Une parcelle de terre y resta collée.

— Vous vous faites assez sibyllin, non ? fit-il avec bonhomie.

Poirot haussa les épaules.

— Peut-être suis-je vexé que vous n'ayez pas été plus franc avec moi.

— Moi ?

— Oui.

— Mais, cher ami, jamais l'idée ne m'a effleuré que Frank Carter pouvait être le meurtrier ! Pour moi, il avait quitté les lieux bien avant que Morley ne soit assassiné. On a donc découvert qu'il n'était pas parti quand il l'a prétendu ?

— À midi vingt-six, dit Poirot, Carter était dans la maison. Et, en fait, il a vu l'assassin.

— Mais alors ce n'est pas Carter qui a…

— Carter a vu l'assassin, je vous dis !

M. Barnes se prit à murmurer :

— Et il l'a reconnu ?

Lentement, Poirot secoua la tête.

Dix-sept, dix-huit : … et les autres au salon

Le lendemain, Poirot passa quelques heures en compagnie d'un agent théâtral de ses connaissances. L'après-midi, il alla à Oxford. Le lendemain matin, il se rendit à la campagne en voiture – et il se faisait tard quand il rentra.

Avant de partir, il avait téléphoné pour prendre rendez-vous avec M. Alistair Blunt le soir même.

Il sonna à la porte de Gothic House à 21 h 30.

Alistair Blunt était seul dans la bibliothèque quand Poirot fut introduit.

Le regard interrogateur, il serra la main de son visiteur.

— Et alors ? dit-il.

Poirot se contenta d'un lent hochement de tête affirmatif.

Blunt le dévisagea avec une sorte d'admiration incrédule.

— Vous l'avez retrouvée ?

— Oui. Oui, je l'ai retrouvée.

Il s'assit. Et il soupira.

— Vous êtes fatigué ? compatit Blunt.

— Oui, je suis fatigué. Et puis… ce n'est pas joli joli, ce que j'ai à vous à dire.

— Elle est morte ?

— Cela dépend, dit lentement Poirot, de la façon dont on veut voir la situation.

Blunt fronça les sourcils.

— Mon cher monsieur, de deux choses l'une : soit on est vivant, soit on est mort. Mlle Sainsbury Seale ne peut être que dans l'un ou l'autre cas.

— Certes… Mais qui est Mlle Sainsbury Seale ?

— Vous ne voulez pas dire que… que cette personne n'existe pas ?

— Oh non, pas du tout. Cette personne a existé. Elle vivait à Calcutta. Elle enseignait la diction. Elle s'adonnait aux bonnes œuvres. Et elle est revenue en Angleterre à bord du *Maharanah,* sur lequel voyageait également M. Amberiotis. Ils n'étaient pas dans la même classe, mais il lui a offert son aide – des problèmes de bagages, peut-être. À sa manière, ce n'était pas un mauvais bougre. Et parfois, monsieur Blunt, la gentillesse est récompensée de façon inattendue. Ce fut le cas pour M. Amberiotis. Il tomba par hasard sur la dame dans les rues de Londres. Il se sentait d'humeur conviviale. Il l'invita aimablement à déjeuner au Savoy. Un festin inespéré pour elle. Et une aubaine inespérée pour Amberiotis ! Car son geste n'était pas prémédité – il ne soupçonnait pas que cette femme entre deux âges allait lui offrir l'équivalent d'une mine d'or. C'est pourtant ce qu'elle fit sans le savoir.

» Elle n'était pas, voyez-vous, de la première intelligence. Une âme généreuse et bonne, certes, mais une cervelle de linotte.

— Ce n'est donc pas elle qui a tué cette Mme Chapman ?

— Comment présenter cette affaire ? dit lentement Poirot. Ce n'est pas commode. Le mieux est encore, je crois, de commencer là où elle a commencé pour moi : par une chaussure !

— Par une chaussure ? répéta Blunt sans comprendre.

— Oui, une chaussure à boucle. Je sortais de ma séance chez le dentiste et j'étais là, sur les marches du 58, Queen Charlotte Street, quand un taxi s'est arrêté, la portière s'est ouverte et un pied de femme est apparu. Je suis homme à m'émouvoir d'un pied, d'une cheville de femme. Celui-là était bien fait, et la cheville fine dans des bas de qualité. Mais la chaussure m'a déplu : neuve, en cuir trop brillant, avec une grosse boucle fantaisie. Sans chic – sans le moindre chic !

» J'en étais là de mes réflexions quand le reste de la dame a suivi et, franchement, ce fut une déception – une femme d'âge mûr, sans charme, mal fagotée.

— Mlle Sainsbury Seale ?

— Précisément. Comme elle s'apprêtait à sortir, il y eut une anicroche : la boucle de sa chaussure se prit dans la portière et fut arrachée. Je la ramassai et la lui rendis. L'incident était clos.

» Plus tard dans la journée, j'allai avec l'inspecteur Japp interroger la dame et remarquai incidemment qu'elle n'avait pas encore recousu sa boucle.

» Le même soir, Mlle Sainsbury Seale sortit de son hôtel et disparut. Ceci, dirons-nous, est la fin de l'acte I. L'acte II commence quand l'inspecteur Japp me convoque à King Leopold Mansions. Là, dans un appartement, il y avait une malle à fourrures et, dans cette malle à fourrures, on venait de trouver un cadavre. J'entrai dans la pièce, me dirigeai vers la malle… et la première chose que je vis fut une chaussure à boucle éculée !

— Et alors ?

— Vous n'avez pas dû bien comprendre : c'était une chaussure éculée – une chaussure beaucoup portée. Or, voyez-vous, Mlle Sainsbury Seale s'était rendue à King Leopold Mansions le soir de ce même jour – le jour du meurtre de M. Morley. Le matin, ses chaussures étaient flambant neuves, et le soir elles étaient vieilles. On n'use pas une paire de chaussures en l'espace d'une journée, comprenez-vous ?

— Elle pouvait en avoir deux paires, non ? suggéra Blunt que la question n'avait pas l'air de passionner.

— Oui, mais ce n'était pas le cas. Parce que Japp et moi avions visité sa chambre au Glengowrie Court, et examiné toutes ses affaires, et il n'y avait là aucune paire de chaussures à boucle. Elle aurait pu porter une vieille paire, d'accord. Elle aurait pu la mettre pour ressortir le soir après une journée fatigante, d'accord. Mais alors nous aurions dû trouver l'autre paire, la neuve, à l'hôtel. C'était curieux, avouez-le !

— Je ne vois pas en quoi c'est important.

— Ça ne l'est pas. Pas important du tout. Mais c'est agaçant, les choses qu'on ne s'explique pas. J'étais devant la malle à fourrures et je regardais la chaussure – la boucle en avait été récemment recousue. J'avoue avoir eu alors un moment de doute. « Eh bien, Hercule Poirot, me suis-je dit, tu avais la tête dans les nuages, ce matin. Tu voyais tout en rose. Même des vieilles chaussures te semblaient flambant neuves. »

— C'était peut-être l'explication, après tout ?

— Non, ça ne l'était pas. Mes yeux ne me trompent pas ! Et puis j'ai regardé le cadavre de cette femme, et je n'ai pas aimé ce que je voyais. Pourquoi son visage avait-il été délibérément, gratuitement écrasé au point d'être méconnaissable ?

Alistair Blunt s'agita, mal à l'aise.

— Faut-il reparler de tout cela ? Nous savons que…

— C'est indispensable, répliqua fermement Poirot. Il faut que je vous fasse reparcourir, pas à pas, le chemin qui m'a finalement conduit à la vérité. Je me suis dit : « Il y a là quelque chose qui cloche. Voilà le cadavre d'une femme qui porte les vêtements de Mlle Sainsbury Seale – à l'exception, peut-être, des chaussures – et qui est flanqué du sac à main de Mlle Sainsbury Seale… mais pourquoi son visage est-il méconnaissable ? Serait-ce parce que ce visage n'est pas celui de Mlle Sainsbury Seale ? » J'ai immédiatement récapitulé ce que je savais de l'autre femme – celle dont c'était l'appartement – et je me suis demandé : « Est-ce que ce ne pourrait pas être cette autre femme qui est là, dans la malle ? » Alors je suis allé examiner sa chambre. J'ai essayé de me représenter quelle sorte de personne c'était. De prime abord très différente de Mlle Sainsbury Seale. Élégante, une certaine ostentation dans la toilette, très maquillée. Mais, pour l'essentiel, pas tellement différente, en fait. Cheveux, taille, âge… Il y avait une différence, pourtant. Mme Albert

Chapman chaussait du 38. Mlle Sainsbury Seale, je le savais, portait des bas de taille 3, ce qui correspond à un 39, au minimum. Mme Chapman avait donc le pied plus petit que Mlle Sainsbury Seale. Je suis retourné voir le corps. Si mon intuition était bonne, si le corps était celui de Mme Chapman revêtue de la défroque de Mlle Sainsbury Seale, alors les chaussures devraient être trop grandes. J'en ai saisi une. Mais elle n'était pas trop grande. Elle était exactement à la taille du pied. Ce qui semblait signifier que c'était bien, en fin de compte, le corps de Mlle Sainsbury Seale. Mais alors, pourquoi l'avait-on défigurée ? Et pourquoi avoir laissé ce sac à main qui l'identifiait, alors qu'on aurait facilement pu le faire disparaître ?

» C'était un mystère… une énigme. En désespoir de cause, je parcourus le carnet d'adresses de Mme Chapman : seul son dentiste pourrait confirmer, ou infirmer, que ce corps était le sien. Coïncidence, le dentiste de Mme Chapman était M. Morley. M. Morley était mort, mais l'identification restait possible. Vous connaissez le résultat. Lors de l'enquête, le cadavre fut formellement identifié par le successeur de Morley comme étant celui de Mme Albert Chapman.

M. Blunt commençait à s'impatienter. Mais Poirot n'en tint aucun compte et poursuivit :

— J'avais à résoudre un problème psychologique. Quelle sorte de femme était Mabelle Sainsbury Seale ? Il y avait deux réponses à cette question. La première était l'évidence, corroborée par toute sa vie aux Indes et par le témoignage de ses amis. Tout cela donnait le portrait d'une femme consciencieuse, dévouée et un peu stupide. Existait-il une autre

Mlle Sainsbury Seale ? Il semblait que oui. Il y avait une femme qui avait déjeuné avec un agent étranger notoire, qui vous avait accosté en pleine rue en prétendant être une amie intime de votre épouse – allégation qui, presque certainement, était fausse –, une femme qui avait quitté la maison d'un homme fort peu de temps avant qu'un meurtre n'y soit commis, une femme qui avait rendu visite à une autre femme le soir où, selon toute probabilité, celle-ci avait été assassinée, et qui avait disparu ensuite sans plus donner de nouvelles bien qu'elle n'ait pu ignorer que toutes les polices d'Angleterre étaient à sa recherche. Ces actes étaient-ils compatibles avec le caractère que ses amis lui prêtaient ? Il m'apparaissait que non. Si donc Mlle Sainsbury Seale n'était pas la bonne, l'aimable personne qu'elle semblait être, rien ne s'opposait à ce qu'elle fût une froide criminelle, ou à tout le moins la complice d'un meurtre.

» Il y avait un autre critère : ma propre impression. J'avais parlé à Mabelle Sainsbury Seale. Comment m'était-elle apparue ? Et cela, M. Blunt, c'était la question la plus difficile de toutes. Ce qu'elle avait dit, sa façon de s'exprimer, ses gestes, ses attitudes, tout était parfaitement en accord avec son caractère supposé. Mais tout pouvait également être le fait d'une bonne comédienne jouant un rôle. Et, après tout, Mabelle Sainsbury Seale avait débuté dans la vie comme actrice.

» J'avais été très impressionné par une conversation que j'avais eue avec M. Barnes, de Ealing, qui était aussi venu se faire soigner au 58, Queen Charlotte Street, ce jour-là. Sa théorie, présentée avec autorité, était que la mort de Morley comme celle d'Amberiotis n'étaient que des incidents fortuits, si l'on peut dire, et que la cible en réalité visée, c'était vous.

— Oh, allons donc! C'est un peu tiré par les cheveux!

— Vraiment, monsieur Blunt? N'est-il pas exact qu'il existe en ce moment divers groupes de gens qui estiment indispensable qu'on vous fasse – comment dire? – déguerpir? Que vous soyez écarté, empêché d'exercer votre influence?

— C'est tout ce qu'il y a d'exact. Mais pourquoi mêler la mort de M. Morley à ces querelles au sommet?

— Parce qu'il y a une certaine – comment exprimer ça? – prodigalité dans cette affaire. L'argent ne compte pas, les vies humaines ne comptent pas. Oui, il y a une insensibilité, des moyens qui évoquent la grande criminalité.

— Vous ne croyez pas que Morley s'est suicidé parce qu'il avait commis une erreur?

— Je ne l'ai jamais cru un instant. Non, Morley a été assassiné, Amberiotis a été assassiné, et une femme inidentifiable a été assassinée. Pourquoi? Pour un enjeu d'importance. Barnes supposait qu'on avait essayé d'acheter Morley ou son assistant pour qu'ils vous suppriment.

— Grotesque! s'exclama sèchement Alistair Blunt.

— Est-ce vraiment si grotesque? Mettons qu'on veuille supprimer quelqu'un. Oui, mais ce quelqu'un est prévenu, sur ses gardes, difficile à approcher. Pour tuer cette personne, il faut pouvoir l'approcher sans éveiller ses soupçons. Et où un homme sera-t-il moins sur ses gardes que sur le fauteuil du dentiste?

— Oui, vous devez être dans le vrai. Je n'avais jamais envisagé les choses sous cet angle.

— Je suis on ne peut plus dans le vrai ! Et dès que je l'ai compris, j'ai entrevu ma première lueur de vérité.

— Ainsi donc vous avez accepté la théorie de ce Barnes ? Qui est-ce, à propos ?

— M. Barnes était le patient de midi de Reilly. C'est un ancien fonctionnaire du Home Office, qui vit à Ealing. Un petit homme insignifiant. Mais vous vous trompez en pensant que j'ai accepté sa théorie. Je ne l'ai pas fait. Je n'en ai accepté que le principe.

— Que voulez-vous dire ?

— Dès le début et tout au long de cette affaire, j'ai été induit en erreur – parfois de façon involontaire, parfois délibérément et dans un but précis. Tout du long, on m'a présenté, on m'a imposé l'idée qu'il s'agissait d'un crime public, si j'ose dire. À savoir que vous, M. Blunt, étiez au centre de tout cela, vous en tant qu'homme public. Vous, le banquier, le grand argentier, le défenseur de la tradition conservatrice !

» Mais tout personnage public a également une vie privée. C'était là mon erreur. J'avais oublié la vie privée. Il y avait bien des motifs privés pour tuer Morley – ceux de Frank Carter, par exemple.

» Il pouvait y en avoir aussi pour vous tuer vous... Il y avait vos proches qui hériteraient à votre mort. Il y avait des gens qui vous aimaient, et d'autres qui vous haïssaient... en tant qu'homme, non en tant que personnage public.

» Et j'en vins alors à la dernière, la suprême "carte forcée". Le prétendu attentat de Frank Carter contre votre personne. S'il était réel, alors il s'agissait forcément d'un acte politique. Mais pouvait-il y avoir une autre explication ? Eh bien, oui. Il y avait un deuxième homme dans les buissons. L'homme qui a bondi et désarmé Carter. Un homme qui pouvait très bien avoir tiré sur vous puis lancé l'arme aux pieds de Carter de sorte que ce dernier la ramasserait presque immanquablement et se ferait prendre "la main dans le sac." Je me suis donc intéressé à Howard Raikes. Raikes s'était trouvé au 58, Queen Charlotte Street, le matin de la mort de Morley. Raikes était farouchement opposé à tout ce que vous étiez et représentiez. Oui, mais Raikes était encore autre chose. Raikes était l'homme qui allait peut-être épouser votre nièce, et, vous mort, votre nièce hériterait d'un joli revenu, même si vous vous étiez prudemment arrangé pour qu'elle ne puisse toucher au capital.

» L'affaire n'était-elle en fin de compte qu'un crime privé, pour un profit privé, pour satisfaire une convoitise privée ? Pourquoi l'avais-je considérée comme un crime public ? Parce que, non pas une, mais d'innombrables fois, cette idée m'avait été suggérée, m'avait été imposée comme une carte forcée… C'est à ce moment-là, quand cette idée m'est venue, que j'ai commencé à entrevoir la vérité. J'étais à l'église et je chantais un psaume. Il y était question des mailles d'un filet, d'un piège tendu… Un piège ? Tendu pour moi ? Oui, cela se pouvait. Mais alors, qui l'avait tendu ? Une seule personne pouvait l'avoir fait… Et cela n'avait aucun sens – à moins que… Est-ce que je n'aurais pas, jusque-là, pris toute cette affaire à l'envers ? De l'argent sans compter ? Oui, c'était le cas. Un total mépris pour la vie humaine ?

Encore oui. Car, dans cette partie, l'enjeu, pour le coupable, était énorme…

» Mais si cette nouvelle, cette étrange idée que j'avais était juste, elle devait pouvoir tout expliquer. Elle devait pouvoir expliquer, par exemple, le mystère de la double nature de Mlle Sainsbury Seale. Elle devait pouvoir résoudre l'énigme de la boucle de chaussure. Et elle devait pouvoir répondre à la question : où se trouve maintenant Mlle Sainsbury Seale ?

» Eh bien, voyez-vous, elle pouvait expliquer tout cela, et davantage. Elle me montrait que Mlle Sainsbury Seale était le début, le milieu et la fin de l'affaire. Pas étonnant que j'aie eu l'impression qu'il y avait deux Mabelle Sainsbury Seale : il y avait effectivement deux Mabelle Sainsbury Seale. Il y avait la bonne, la stupide, la généreuse femme pour laquelle ses amis témoignaient avec tant de confiance et de chaleur. Et puis il y avait l'autre, la femme qui était impliquée dans deux meurtres, qui racontait des mensonges et qui disparaissait mystérieusement.

» Rappelez-vous : selon le concierge de King Leopold Mansions, Mlle Sainsbury Seale était déjà venue une première fois…

» Dans ma nouvelle lecture de l'affaire, cette première fois était la seule. Elle n'était jamais ressortie de l'appartement. L'autre Mlle Sainsbury Seale avait pris sa place. Cette deuxième Mabelle Sainsbury Seale, portant des vêtements du même style et des chaussures à boucles neuves, parce que les autres étaient trop grandes pour elle, s'était rendue au Russell Square Hotel à une heure d'affluence. Elle avait ramassé les affaires de la morte, payé la note et était allée s'installer au Glengowrie Court Hotel. Aucun des amis de la vraie Mlle Sainsbury Seale ne l'a revue après cette date-là, si vous vous en souvenez bien. L'autre a joué son rôle pendant un peu plus d'une semaine. Elle portait les vêtements de Mabelle Sainsbury Seale, elle parlait avec sa voix, mais il a quand même bien fallu qu'elle s'achète une paire d'escarpins habillés à sa taille. Et puis soudain… la voilà qui se volatilise : on la voit pour la dernière fois quand elle revient à King Leopold Mansions, le soir du jour où Morley a été assassiné.

— Êtes-vous en train de me raconter que, au bout du compte, le corps trouvé dans cet appartement était bien celui de Mabelle Sainsbury Seale ? s'insurgea Alistair Blunt.

— Bien sûr que oui ! C'était un double coup de bluff, très astucieux. Le visage écrasé, c'était précisément pour faire naître des doutes sur l'identité du cadavre !

— Mais l'examen dentaire ?

— Ah, nous y voilà ! Ce n'est pas le dentiste en personne qui a déposé. Morley était mort. Il ne pouvait témoigner de son travail. Lui, il aurait su qui était la morte. Ce sont les dossiers dentaires qui ont servi de preuve – et ces dossiers avaient été falsifiés. Les deux femmes étaient ses patientes, souvenez-vous. Il suffisait de changer les noms sur les dossiers.

» Vous comprenez maintenant, ajouta Hercule Poirot, ce que je voulais dire quand vous m'avez demandé si Mlle Sainsbury Seale était morte et que j'ai répondu : « Cela dépend. » Car quand vous dites « Mlle Sainsbury Seale », de quelle femme parlez-vous ? De celle qui a disparu du Glengowrie Court Hotel ou de la vraie Mlle Sainsbury Seale ?

— Monsieur Poirot, dit Alistair Blunt, je sais quelle réputation est la vôtre. Je suppose donc que vous avez quelques éléments à l'appui d'une aussi extraordinaire hypothèse – car ce n'est là qu'une hypothèse, rien de plus. Mais ce qui me frappe personnellement, c'est l'aspect totalement invraisemblable de la chose. Si j'ai bien compris, vous affirmez que Mabelle Sainsbury Seale a été délibérément assassinée et que Morley a lui aussi été assassiné pour qu'il ne puisse identifier le corps. Mais pourquoi ? C'est là ce que j'aimerais comprendre ! Voilà une femme parfaitement inoffensive, d'âge respectable, qui a de nombreux amis et n'a apparemment aucun ennemi. Pourquoi diable aller imaginer un scénario aussi compliqué pour se débarrasser d'elle ?

— Pourquoi ? Oui, c'est bien toute la question ! Pourquoi ? Comme vous dites, Mabelle Sainsbury Seale était une personne parfaitement inoffensive, qui n'aurait jamais fait de mal à une mouche ! Pourquoi, alors, a-t-elle été délibérément, sauvagement assassinée ? Eh bien, je vais vous dire ce que je pense.

— Oui ?

Hercule Poirot se pencha en avant.

— J'ai la conviction que Mabelle Sainsbury Seale a été assassinée parce qu'elle avait une trop bonne mémoire des visages.

— Que voulez-vous dire ?

— Nous avons résolu le mystère de la double personnalité. D'un côté, nous avons donc la bonne dame qui revient des Indes, de l'autre, l'habile actrice endossant le rôle de la bonne dame qui revient des Indes. Mais il y a un incident qui se situe à mi-chemin entre les deux personnages. Quelle est la Mlle Sainsbury Seale qui vous a abordé devant la maison de Morley ? Elle prétendait, vous vous en souvenez, être « une grande amie de votre femme ». Cependant, ses proches nous disent – et les probabilités nous le confirment – que cela ne saurait être vrai. Il nous est alors permis de décréter : « C'était un mensonge. Or, la vraie Mlle Sainsbury Seale ne ment pas. » Ce qui tendrait à prouver que c'était un mensonge émis par la fausse pour une raison qui n'appartient qu'à elle.

Alistair Blunt hocha la tête.

— Oui, le raisonnement se tient. Quoique je ne voie pas de quelle raison il pourrait s'agir.

— Un instant ! Examinons d'abord l'hypothèse inverse. Il s'agissait de la vraie Mlle Sainsbury Seale. Celle qui ne ment pas. Donc son histoire doit être vraie.

— On peut évidemment voir les choses sous cet angle – mais ça paraît très improbable…

— Bien sûr que c'est improbable ! Partons néanmoins de cette hypothèse : l'histoire est vraie. Il en découle que Mlle Sainsbury Seale connaissait votre femme. Qu'elle la connaissait bien. Ce qui tendrait à prouver… que votre femme devait être le genre de personne que Mlle Sainsbury Seale était à même de bien connaître. Quelqu'un de son milieu. Une Anglo-Indienne… une missionnaire… ou, en remontant plus loin… une comédienne. Et donc en aucun cas Rebecca Arnholt !

» À présent, monsieur Blunt, voyez-vous ce que je voulais dire quand je parlais d'une vie publique et d'une vie privée ? Vous êtes certes l'éminent banquier que tout le monde sait. Mais vous êtes également un homme qui a épousé une femme richissime. Et avant ce mariage, vous n'étiez qu'un jeune associé de la banque, frais émoulu d'Oxford.

» Vous comprenez… je commençais à regarder enfin cette affaire dans le bon sens. L'argent ne comptait pas ? Non, bien sûr – pas pour vous. Les vies humaines non plus ? Non, car cela fait longtemps que vous êtes virtuellement un dictateur, or un dictateur attache à sa propre vie un prix démesuré et compte celle des autres pour quantité négligeable.

— Où voulez-vous en venir, monsieur Poirot ? dit Blunt.

— À ceci, monsieur Blunt, répondit calmement Poirot, que lorsque vous avez épousé Rebecca Arnholt, vous étiez déjà marié. Que, ébloui par le spectacle non tant de la fortune que du pouvoir, vous avez dissimulé ce fait et vous êtes délibérément rendu coupable de bigamie. Que votre véritable épouse a accepté la situation.

— Et qui serait cette véritable épouse ?

— Mme Albert Chapman était le nom qu'on lui connaissait à King Leopold Mansions – endroit commode, à peine cinq minutes à pied de votre maison de Chelsea Embankment. Vous avez emprunté le nom d'un agent secret réel : vous aviez compris que cela donnerait de la substance à ses propos voilés sur un mari dans le Renseignement. Votre plan marcha impeccablement. Jamais le moindre soupçon ne fut éveillé. Néanmoins, le fait demeurait : vous n'aviez jamais été légalement marié avec Rebecca Arnholt, et vous étiez coupable de bigamie. Après tant d'années, l'idée même du danger avait disparu de votre esprit. Il resurgit comme un coup de tonnerre sous l'apparence d'une enquiquineuse qui se souvenait de vous, presque vingt ans après, comme du mari de son amie. Le hasard avait voulu qu'elle revînt en Angleterre, le hasard l'a placée sur votre chemin dans Queen Charlotte Street – et le hasard a voulu que votre nièce soit témoin de cette scène. Sinon, je n'aurais peut-être jamais deviné.

— Ça, je vous en ai parlé de moi-même, mon cher Poirot.

— Non, c'est votre nièce qui tenait absolument à m'en parler, et vous ne pouviez vous y opposer trop violemment de peur de faire naître les soupçons. Et, après cette rencontre imprévue, le hasard vous a encore joué un mauvais tour. Mabelle Sainsbury Seale est tombée sur M. Amberiotis, a déjeuné avec lui et lui a raconté comment – « après toutes ces années ! » – elle avait rencontré le mari d'une vieille amie – « Il avait vieilli, bien sûr, mais pas vraiment changé ! » Cela, je l'admets, n'est que pure conjecture de ma part, mais je suis persuadé que c'est ce qui s'est passé. Je ne pense pas que Mabelle Sainsbury Seale ait un seul instant fait le rapprochement entre le M. Blunt qu'avait épousé son amie et le grand banquier qui, dans l'ombre, tire les ficelles des finances internationales. Blunt, après tout, est un nom assez répandu. Mais, outre ses activités d'espionnage, Amberiotis, vous vous en souvenez, était un maître chanteur. Les maîtres chanteurs ont, pour les secrets, un flair redoutable. Amberiotis s'est posé des questions. N'a guère eu de mal à découvrir qui était ce fameux M. Blunt. À la suite de quoi, je n'en doute pas un instant, il vous a écrit ou téléphoné… Oh oui, vous étiez une mine d'or, pour Amberiotis.

Poirot s'interrompit. Puis il reprit :

— Il n'y a qu'une façon de faire avec un maître chanteur expérimenté : le réduire au silence.

» Dans cette affaire, le problème n'était pas « Comment éliminer Blunt ? », comme on me l'avait suggéré à tort, mais au contraire « Comment éliminer Amberiotis ? » Il se trouve simplement que la solution était la même ! La meilleure façon de se débarrasser d'un homme est d'agir quand il n'est pas sur ses gardes – or, quand l'est-il moins que dans le fauteuil du dentiste ?

Poirot s'arrêta de nouveau. Il eut un petit sourire.

— La vérité sur cette affaire a été mentionnée très tôt. Le groom, Alfred, lisait un roman policier intitulé *La mort frappe à 11 h 45*. Nous aurions dû y voir un signe, car c'est bien entendu à peu près à cette heure-là que Morley a été tué. Vous l'avez tué au moment de sortir, puis vous avez pressé la sonnette, ouvert les robinets du lavabo et quitté la pièce. Vous aviez minuté vos gestes de façon à apparaître en bas des escaliers au moment où Alfred escorterait la fausse Mabelle Sainsbury Seale dans l'ascenseur. Vous avez ouvert la porte d'entrée, peut-être même avez-vous fait mine de sortir, mais à peine l'ascenseur s'élevait-il que vous reveniez sur vos pas et remontiez par les escaliers.

» Au cours de mes propres visites, j'ai eu l'occasion de voir comment Alfred faisait quand il accompagnait un patient. Il frappait à la porte, l'ouvrait et s'effaçait pour laisser entrer le patient. À l'intérieur, l'eau du lavabo coulait – déduction : Morley était en train de se laver les mains comme à l'accoutumée. Mais, ça, Alfred ne pouvait pas le voir.

» Dès qu'Alfred est redescendu par l'ascenseur, vous vous êtes glissé dans le cabinet de Morley. Avec l'aide de votre complice, vous avez transporté le corps dans le petit bureau adjacent. Une fouille rapide des dossiers : ceux de Mme Chapman et de Mlle Sainsbury Seale sont habilement falsifiés. Vous enfilez une blouse blanche, peut-être votre femme vous met-elle une touche de maquillage. Mais ce n'était sans doute même pas nécessaire. C'était la première fois qu'Amberiotis venait voir Morley. Il ne vous avait jamais rencontré. Et votre visage apparaît rarement dans la presse. Et puis, pourquoi se méfierait-il ? Un maître chanteur ne craint pas son dentiste. Mlle Sainsbury Seale redescend et Alfred l'accompagne à la porte. La sonnette retentit, Amberiotis est conduit en haut. Il trouve le dentiste réglementairement occupé à se laver les mains derrière la porte. Vous l'installez dans le fauteuil. Il vous indique la dent qui le fait souffrir. Vous débitez le boniment habituel. Vous expliquez qu'il vaut mieux insensibiliser la gencive. La procaïne et l'adrénaline sont là. Vous lui injectez une dose suffisante pour le tuer à retardement. Et, incidemment, il n'aura aucun reproche à faire à votre art !

» C'est donc sans le moindre soupçon que M. Amberiotis regagne son hôtel. Vous retournez chercher le corps de Morley en le traînant sur le tapis car, cette fois, vous n'avez personne pour vous donner un coup de main. Vous essuyez le pistolet, le lui mettez dans la main ; vous essuyez également la poignée de la porte, afin que vos empreintes ne soient pas les dernières. Les instruments dont vous vous êtes servi sont passés au stérilisateur. Vous sortez du cabinet, descendez les escaliers et vous glissez dans la rue dès que la voie vous semble libre. C'est le seul moment où vous courez un risque.

» Tout aurait dû se passer comme sur des roulettes ! Deux personnes menaçaient votre sécurité ? Elles sont désormais mortes toutes deux. Une troisième est morte également ? Bah ! vous ne pouviez l'éviter. Et puis tout s'agençait si bien : le suicide de Morley expliqué par l'erreur qu'il avait commise sur la personne d'Amberiotis ! Les deux morts s'annulaient. Un de ces accidents regrettables comme il en arrive parfois.

» Mais, hélas pour vous, j'entre en scène. J'ai des doutes. Je fais des objections. Tout ne va pas aussi bien que vous l'espériez. Il vous faut donc organiser une seconde ligne de défense. Il vous faut, en cas de besoin, un bouc émissaire. Vous vous étiez déjà informé très précisément sur l'entourage de Morley. Il y a cet individu, ce Frank Carter. Il fera l'affaire. Votre complice organise sa rocambolesque embauche comme jardinier. Si, par la suite, il raconte une histoire aussi ridicule, personne ne le croira. En temps utile, le cadavre de la malle viendra au jour. On pensera d'abord qu'il s'agit de Mlle Sainsbury Seale, puis on en cherchera confirmation par un examen dentaire. Ça fera sensation ! C'est peut-être une complication inutile, mais elle était indispensable. Vous ne voulez pas que toutes les forces de police britanniques se lancent à la recherche d'une Mme Albert Chapman disparue. Non, mieux vaut faire «mourir» Mme Chapman – et lancer la police aux trousses de Mabelle Sainsbury Seale. Puisque de toute façon on ne la retrouvera jamais. En outre, vous avez le bras assez long pour faire en sorte que l'affaire soit enterrée.

» Vous ne vous en êtes d'ailleurs pas privé. Seulement vous aviez besoin de savoir ce que, moi, je faisais de mon côté, alors vous m'avez prié de venir vous voir et vous m'avez pressé de retrouver la disparue pour vous. Tout en continuant, comme de bien entendu, à me tendre une «carte forcée», par l'intermédiaire de votre complice, cette fois. Votre complice qui m'a adressé un avertissement mélodramatique au téléphone – toujours la même idée : espionnage, l'aspect public. C'est une bonne actrice, la première Mme Blunt; mais quand on déguise sa voix, on a souvent tendance à en imiter une autre. Votre femme a pris celle de Mme Olivera. Cela m'a posé quelques problèmes, je peux bien vous le dire.

» Puis j'ai été mené à Exsham pour assister à la scène finale. Rien de plus facile que de disposer un pistolet chargé dans un des lauriers afin que celui qui est en train de les tailler fasse partir involontairement le coup. L'arme tombe à ses pieds. Stupéfait, il la ramasse. Que veut-on de plus? Il est pris sur le fait – avec une histoire abracadabrante et un pistolet qui est le frère jumeau de celui qui a tué Morley.

» Et voilà le piège dans lequel se laissera prendre Hercule Poirot.

Alistair Blunt s'agita dans son fauteuil. Son visage était grave et un peu triste.

— Ne vous méprenez pas sur le sens de ma question, monsieur Poirot, dit-il. Dans tout cela, que devinez-vous ? Et que savez-vous vraiment ?

— J'ai en ma possession le certificat de mariage – délivré par un bureau de l'état civil, non loin d'Oxford – de Martin Alistair Blunt et Gerda Grant. Frank Carter a vu deux hommes sortir du cabinet de Morley, juste après midi vingt-cinq. Le premier était gros et gras : Amberiotis. Le second, c'était vous, bien entendu. Frank Carter ne vous a pas reconnu. Il ne vous a vu que de haut.

— C'est très fair-play de votre part de me le préciser.

— Il est entré dans le cabinet et a trouvé le corps de Morley. Ses mains étaient froides et le sang de sa blessure était coagulé. Cela signifie que Morley était déjà mort depuis un certain temps. Donc le dentiste qui avait soigné Amberiotis ne pouvait être Morley, mais devait être le meurtrier de ce dernier.

— Quelque chose d'autre ?

— Oui. Helen Montressor a été arrêtée cet après-midi.

Alistair Blunt sursauta, puis se figea.

— C'en est donc… fini.

— Oui, dit Poirot. La véritable Helen Montressor, votre cousine éloignée, est morte il y a sept ans, au Canada. Vous avez dissimulé ce fait afin d'en tirer un parti évident.

Alistair Blunt se mit à parler, et naturel, avec une sorte de plaisir juvénile. Il souriait.

— Gerda s'est beaucoup amusée, vous savez. J'aimerais vous faire comprendre. Vous êtes tellement intelligent. Je l'avais épousée sans le dire à ma famille. Elle était comédienne dans une troupe régulière, à l'époque. Mes parents étaient du genre collet monté, et je débutais ma carrière. Nous avions décidé de garder le secret. Elle a continué à jouer. Mabelle Sainsbury Seale faisait partie de la même compagnie. Elle connaissait nos liens. Puis elle est partie pour l'étranger avec une troupe itinérante. Gerda a reçu une ou deux fois de ses nouvelles des Indes. Et puis un beau jour elle a cessé d'écrire. Elle s'était embarquée dans une histoire sentimentale avec je ne sais quel Hindou. Ç'a toujours été une fille crédule et stupide.

» J'aimerais pouvoir vous faire comprendre ma rencontre et mon mariage avec Rebecca. Gerda, elle, avait tout de suite compris. Pour moi, c'était comme atteindre à la royauté, je ne vois pas d'autre façon de l'exprimer. J'avais la chance d'épouser une reine et de devenir prince consort, et même roi. Je considérais mon mariage avec Gerda comme une union morganatique. Je l'aimais. Je ne voulais pas me débarrasser d'elle. Et tout s'arrangea à merveille. J'aimais immensément Rebecca. Elle possédait le génie de la finance et sur ce plan j'étais son égal. Nous formions une bonne équipe. C'était suprêmement exaltant. Elle était une excellente compagne, et je crois que je l'ai rendue heureuse. J'ai été sincèrement malheureux de sa mort. Étrangement, Gerda et moi avions appris à aimer le secret qui entourait nos rapports. Nous avions toutes sortes de ruses. C'était une comédienne-née. Elle avait un répertoire de sept ou huit personnages – Mme Chapman n'était que l'un d'entre eux. À Paris, elle jouait les veuves américaines. Je l'y retrouvais quand je traversais la Manche pour mes affaires. En Norvège, elle devenait une artiste, avec tout son attirail de peintre. J'y allais pour la pêche. Et puis, plus tard, je l'ai fait passer pour ma cousine, Helen Montressor. C'était très amusant, et cela, je suppose, aiguisait nos sentiments. Après la mort de Rebecca, nous aurions pu nous unir au grand jour, mais ni elle ni moi n'en éprouvions l'envie. Gerda se serait difficilement habituée à ma vie officielle et, bien sûr, il y avait le risque qu'on aille fouiller dans notre passé, mais si nous avons continué à mener plus ou moins la même existence, c'est surtout parce que nous en aimions le secret. La vie conjugale au grand jour nous aurait paru insipide.

Alistair Blunt resta un moment silencieux. Puis sa voix se durcit.

— Et puis voilà que cette espèce de folle est venue tout détruire ! Me reconnaître… après toutes ces années ! Et aller le raconter à Amberiotis ! Vous comprenez bien – vous devez comprendre – qu'il fallait faire quelque chose ! Ce n'était pas seulement moi, mon intérêt personnel. Si j'étais ruiné, traîné dans la boue, le pays, mon pays était frappé lui aussi. Parce que j'ai fait quelque chose pour l'Angleterre, monsieur Poirot. Je l'ai tenue debout, je l'ai gardée solvable. Je lui ai épargné les dictateurs, le fascisme et le communisme. L'argent en lui-même ne m'intéresse pas. J'aime le pouvoir, c'est vrai – j'aime régenter, mais je n'ai aucun penchant pour la tyrannie. Nous vivons sous un régime démocratique, en Angleterre, profondément démocratique. Il nous est permis de rouspéter, de dire ce que nous avons sur le cœur et de nous moquer de nos hommes politiques. Nous sommes libres. C'est tout ce qui m'importe – c'est l'œuvre de ma vie. Et si je devais m'en aller… eh bien vous savez ce qui arriverait. On a besoin de moi, monsieur Poirot. Et un minable escroc, une saleté de maître chanteur grec allait détruire l'œuvre de toute une vie? Il fallait faire quelque chose. Gerda aussi s'en rendait compte. Nous étions navrés pour cette gourde de Sainsbury Seale, mais il le fallait. Nous ne pouvions pas compter sur sa discrétion. Nous devions donc la réduire au silence. Gerda lui rendit visite, l'invita à prendre le thé, lui dit de demander Mme Chapman, lui expliqua qu'elle occupait l'appartement d'un M. Chapman. Mabelle Sainsbury Seale est venue sans se douter de rien. Elle n'a rien su, rien senti – le véronal était dans le thé, c'est tout à fait indolore. On s'endort, simplement, et on ne se réveille pas. Après, nous nous sommes occupés de son visage – assez peu ragoûtante besogne, mais nous avions le sentiment qu'il le fallait. Mme Chapman devait faire sa sortie définitive. J'avais donné à ma «cousine» Helen un petit cottage. Nous avions décidé de nous marier après quelque temps. Mais d'abord, il importait de régler le problème Amberiotis. Tout se passa impeccablement. Il ne soupçonna pas un instant que je n'étais pas le dentiste. Je m'en suis bien tiré avec les sondes et les grattoirs. Mais je ne me suis pas risqué à la roulette. Quoique, de toute façon, après l'anesthésie, il ne sentait plus rien de ce que je lui faisais. Ce qui n'était probablement pas plus mal!

— Les pistolets ? demanda Poirot.

— Ils appartenaient à un secrétaire que j'ai eu un temps aux États-Unis. Il les avait achetés à l'étranger, je ne sais où. Quand il m'a quitté, il a oublié de les emporter.

Après un petit silence, Alistair Blunt demanda :

— Y a-t-il autre chose que vous désirez savoir ?

— Parlez-moi de Morley, dit Poirot.

— Je suis désolé pour lui, répondit simplement Alistair Blunt.

— Oui, je vois…

Il y eut un long silence.

— Eh bien, monsieur Poirot ? fit enfin le banquier.

— Helen Montressor est déjà arrêtée…

— … Et maintenant, c'est mon tour ?

— C'est ce que je voulais dire, oui.

— Mais vous n'en êtes pas heureux, n'est-ce pas ? dit doucement Blunt.

— Non, pas le moins du monde.

— J'ai tué trois personnes. J'imagine donc que je devrais être pendu. Mais vous avez entendu ma défense.

— Qui est, au juste… ?

— Que je crois, en mon âme et conscience, être nécessaire au maintien de la paix et de la prospérité de ce pays.

— Sans doute est-ce exact, en effet.

— Vous en convenez, n'est-ce pas ?

— J'en conviens, oui. Vous défendez tout ce qui compte à mes yeux. Le bon sens et la modération, la stabilité et la probité.

— Merci, murmura Alistair Blunt. Alors… ?

— Vous suggérez que je... que je laisse tomber cette affaire ?

— Oui.

— Et votre femme ?

— J'ai une influence qui n'est pas négligeable... Erreur sur la personne, c'est la meilleure solution.

— Et si je refuse ?

— Dans ce cas, dit simplement Blunt, je payerai.

Il ajouta :

— Mon sort est entre vos mains. La décision dépend de vous. Mais je vous répète ceci – et ce n'est pas dans le seul but de sauver ma peau : ce monde a besoin de moi. Et savez-vous pourquoi ? Parce que je suis un honnête homme. Et parce que j'ai du bon sens – et que je ne recherche pas mon intérêt personnel.

Poirot hocha la tête. Si curieux que cela puisse paraître, il ajoutait foi à ce propos.

— Oui, dit-il, c'est un aspect de la situation. Vous êtes l'homme qu'il faut, à l'endroit où il le faut. Vous avez de la modération, du jugement, de la pondération. Mais il y a le revers de la médaille : trois êtres humains assassinés.

— Oui, mais regardez à quoi ils ressemblaient ! Mabelle Sainsbury Seale – vous l'avez dit vous-même : une cervelle de linotte ! Amberiotis : un escroc doublé d'un maître chanteur !

— Et Morley ?

— Je vous l'ai déjà dit, je suis désolé pour Morley. Bon, c'était un brave type et un bon dentiste... mais, après tout, il y en a d'autres.

— Oui, acquiesça Poirot, il y en a d'autres. Et Frank Carter ? Vous l'auriez laissé mourir, lui aussi, sans un remords ?

— Je ne vais pas m'apitoyer sur un type comme ça. Il ne sert à rien. C'est un parasite.

— Mais un être humain…

— Bon, d'accord, nous sommes tous des êtres humains…

— Eh oui, nous sommes tous des êtres humains. Et c'est précisément ce que vous aviez oublié. Vous dites que Mabelle Sainsbury Seale était un être humain stupide, et Amberiotis un être humain nuisible, et Frank Carter un être humain inutile, et Morley… Morley n'était qu'un dentiste – et des dentistes, ça court les rues. Et c'est là que vous et moi, monsieur Blunt, différons du tout au tout. Pour moi, la vie de ces quatre personnes est aussi importante que la vôtre.

— Vous avez tort.

— Non, je n'ai pas tort. Vous êtes un homme d'une grande honnêteté, d'une grande rectitude morale. À un moment donné, vous vous êtes écarté du droit chemin, et cela n'a en rien affecté votre apparence. Aux yeux du monde, vous restiez le même homme, droit, intègre, digne de confiance. Mais, au fond de vous-même, l'appétit de pouvoir grandissait au point d'en écraser tout le reste. Quatre vies humaines, cela ne comptait plus pour rien à vos yeux : vous les avez sacrifiées.

— Vous ne comprenez donc pas, Poirot, que le bonheur et la sécurité de toute une nation reposent sur mes épaules ?

— Les nations ne sont pas mon affaire, monsieur. Mon affaire, ce sont les individus, dont nul n'a le droit de prendre la vie.

Il se leva.

— C'est là votre réponse ? dit Alistair Blunt.

— Oui, répondit Poirot d'une voix lasse. Oui, c'est là ma réponse…

Il alla à la porte et l'ouvrit. Deux hommes entrèrent.

*

Poirot descendit dans le salon où une jeune fille attendait.

Blanche, les traits tirés, Jane Olivera était adossée à la cheminée. Howard Raikes se tenait à côté d'elle.

— Alors ? s'enquit-elle.

— C'est fini, dit doucement Poirot.

— Ce qui signifie ? demanda Raikes avec violence.

— Que M. Alistair Blunt vient d'être arrêté pour meurtre.

— Moi qui aurais parié qu'il allait vous acheter…

— Non, coupa Jane. Moi, je n'ai jamais imaginé une chose pareille.

Poirot soupira.

— Quoi qu'il en soit, les jeux sont faits. Le monde vous appartient désormais. Ce monde que vous rêvez de voir tourné vers l'avenir. Qu'il y ait seulement place pour la liberté et la compassion, dans votre monde nouveau, mes enfants… C'est bien là mon seul souhait.

DIX-NEUF, VINGT : MON ASSIETTE EST VIDE…

Hercule Poirot rentrait chez lui par les rues désertes.

Une silhouette discrète vint cheminer à sa hauteur.

— Eh bien ? fit M. Barnes.

Poirot haussa les épaules et écarta les mains.

— Quel parti a-t-il adopté ? demanda M. Barnes.

— Il a reconnu tous les faits et présenté sa défense. Il dit que ce pays a besoin de lui.

— Ce qui est le cas, reconnut M. Barnes.

Au bout d'une minute, il ajouta :

— Vous n'êtes pas de mon avis ?

— Si.

— Eh bien, alors…

— Peut-être nous trompons-nous, murmura Poirot.

— Je n'avais jamais pensé à ça, reconnut Barnes. Peut-être bien, en effet.

Ils marchèrent un moment en silence. Et soudain Barnes ne put résister plus longtemps à la curiosité.

— À quoi pensez-vous ?

Hercule Poirot récita :

— *Puisque tu as rejeté la parole de Yahvé, Yahvé te rejette, et tu n'es plus roi.*

— Hum… je vois…, dit M. Barnes. Saül, après le châtiment des Amalécites. Oui, on peut voir ça comme ça.

Ils firent encore quelques pas, puis Barnes dit :

— Je prends le métro ici. Bonsoir, Poirot.

Après un court silence, il ajouta d'une voix embarrassée :

— Vous savez, il y a une chose que j'aimerais vous avouer.

— Oui, cher ami ?

— J'ai le sentiment que je vous dois bien ça. Je vous ai égaré sans le vouloir. À propos d'Albert Chapman, Q.X. 912.

— Oui ?

— Je suis Albert Chapman. C'est en partie pour ça que cette affaire m'intéressait. Voyez-vous, j'étais assez bien placé pour savoir que je n'ai jamais eu de femme.

Sur quoi il s'éloigna d'un pas vif, avec un petit rire. Poirot resta planté là au milieu du trottoir. Puis ses yeux s'agrandirent, ses sourcils se haussèrent.

Il chantonna :

— *Dix-neuf vingt : mon assiette est vide…*

Et s'en retourna chez lui.

Agatha Christie (1890-1976) est la reine incontestée et inégalée du roman policier classique. Née à Torquay, son premier roman, *La Mystérieuse Affaire de Styles*, est publié en 1920 et voit la naissance d'un écrivain et d'un personnage : Hercule Poirot. Très vite, sa renommée est mondiale et elle reste aujourd'hui l'un des auteurs les plus lus à travers le monde.

www.agathachristie.com

Composition réalisée par Lumina Datamatics

Imprimé en France par Dupli-Print
à Domont (95) en juin 2019

N° d'édition : 03 - Dépôt légal : juin 2019
N° d'impression : 2019060655